Barbara Pym

Die Frau des Professors

SERIE PIPER
Band 1447

Zu diesem Buch

Caroline Grimstone hat das anödende Dasein der Dozentengattin in einem englischen Provinznest satt: Weder das Familienleben mit ihrer kleinen Tochter noch der zähe Small talk auf den Anthropologenpartys können sie erfüllen. Darüber helfen ihr auch nicht ihre exzentrischen Freunde, die Antiquarin Dolly und das kuriose Mutter-Sohn-Paar Kitty und Coco Jeffreys, hinweg. Um ihrem Leben einen Sinn zu geben, beschließt sie, im örtlichen Altersheim einen ehemaligen Missionar zu betreuen. Als sie zufällig erfährt, daß ihr Schützling ein für die Karriere ihres Mannes hochinteressantes Manuskript aus dem afrikanischen Busch besitzt, sieht sie endlich eine Möglichkeit – wie andere Forscherfrauen, die für ihre Ehemänner die Aufsätze abtippen –, wichtig für die Arbeit ihres Gatten zu werden. Zusammen mit ihm entwendet sie das Dokument. Aus dem kleinen Diebstahl entwickeln sich ungeahnte turbulente akademische und amouröse Verwicklungen...

»Diejenigen, die sich für Barbara Pyms ›Vortreffliche Frauen‹ begeistern konnten, werden auch über ›Die Frau des Professors‹ entzückt sein.« Newsweek

Barbara Pym, geboren 1913 in Oswestry/England, gestorben 1980 in Finstock/England. Studium der englischen Sprache und Literatur in Oxford. 1941 Kriegsdienstverpflichtung. Ab 1958 bis zu ihrer Pensionierung 1974 Assistant Editor im International African Institute/London. Veröffentlichte zwölf Romane. Im Piper Verlag erschienen »Vortreffliche Frauen« (1988), »Tee und blauer Samt« (1990) und »Quartett im Herbst« (1991). Der vorliegende Roman wurde 1986 postum von Barbara Pyms Freundin und Nachlaßverwalterin Hazel Holt herausgegeben.

Barbara Pym

Die Frau des Professors

Roman

Aus dem Englischen von
Karen Lauer

Piper
München Zürich

Die Originalausgabe erschien 1986 unter dem
Titel »An Academic Question« bei E. P. Dutton, New York.

Von Barbara Pym liegt in der Serie Piper außerdem vor:
Vortreffliche Frauen (1288)

ISBN 3-492-11447-4
Deutsche Erstausgabe
Dezember 1991

Umschlag: Federico Luci,
unter Verwendung des Gemäldes »Das Kolonialzimmer«
(1962) von Michael Andrews
Photo Umschlagrückseite: Andrew Whittuck
Gesamtherstellung: Clausen & Bosse, Leck
Printed in Germany

Erstes Kapitel

»Welchen Schmuck trägst du heute abend, Mutter?«

Die Frage war typisch für Coco, und ebenso bezeichnend war es für Kitty Jeffreys, sie ernst zu nehmen.

»Ich hab an die Topaskette gedacht«, sagte sie, »aber das ist vielleicht ein wenig übertrieben... vielleicht sind Perlen doch besser – die, die mir dein Vater zur Verlobung geschenkt hat.«

»Also nicht deine *schwarzen* Perlen?« Coco klang enttäuscht, allzu enttäuscht für einen Mann von zweiundvierzig Jahren. Dafür, daß sie zweiundsechzig war, hatte seine Mutter sich besser gehalten als er, und sie gaben ein gutaussehendes und interessantes Paar ab. Mit meinen achtundzwanzig Jahren fühlte ich mich alt neben ihnen, aber schließlich hatte ich nie ihre Selbstbezogenheit und ihr leidenschaftliches Interesse für das besessen, was anderen Leuten als nebensächlich erscheint.

»Perlen machen sich immer gut«, sagte ich höflich, »sogar künstliche, auch wenn man das meistens sieht«, fügte ich hastig hinzu, denn ich wußte, daß Kittys echt waren. Es war ihr gelungen, ihren gesamten Schmuck sowie einen Großteil ihres Vermögens mitzunehmen, als sie und ihr Sohn ihre Karibikinsel verlassen hatten, nachdem ihr Mann gestorben und, wichtiger noch, eine rein schwarze Regierung gewählt worden war. Sie hatten es zunächst für sinnvoll gehalten – was sich jetzt eher als Irrtum erwies –, in jene Kleinstadt im Westen des Landes zurückzukehren, in der Kitty geboren war und in der ihre Schwester noch immer lebte. Coco, der seinen Abschluß an einer der obskureren amerikanischen Universitäten gemacht hatte, war mit einem Forschungsstipendium für Karibische Studien an der Universität ausgezeichnet worden. Die Einwohner waren beunruhigt über den Zustrom von Westindern in die Stadt, und es war Geld für eine Studie bereitgestellt worden.

»Ich wollte ja nur einen Vorschlag machen«, sagte Coco, während seine langen, unnützen Finger sein Glas an der Seite liebkosten. Er begann zu überlegen, was er zu dem Fest anziehen würde.

Polohemden trägt man ja nicht mehr, sagte er mit Bedauern, denn jener Stil war für seine große, elegante Figur ideal gewesen. Der hohe weiße Polokragen hatte sein schmales Gesicht mit dem ziemlich dunklen Teint wie ein Halstuch eingefaßt, was ihm zusammen mit seinem dunklen, lockigen und sorgfältig nach vorn gebürsteten Haar etwas von der Aura eines Regency Dandys verliehen hatte.

»Es ist doch nur ein Treffen von Provinzakademikern«, erinnerte ich ihn. »Die meisten werden dunkle Anzüge und saubere Hemden tragen. Professor Maynard gibt zu Anfang des Herbsttrimesters immer so ein Fest, das ist inzwischen schon Tradition, aber nächstes Jahr geht er in Pension, also wird dieses wohl das letzte sein.«

Kitty schmollte. Alles, was traurig war oder zu Ende ging, war ihr zuwider. Es hieß, sie sei sehr schön gewesen, als sie mit achtzehn den so romantisch wirkenden Fremden aus der Karibik geheiratet hatte, der auf einer Geschäftsreise hierhergekommen war. Noch jetzt konnte sie ganz bezaubernd aussehen, auch wenn es eher der Zauber der zwanziger Jahre war als die robustere Schönheit von heute. Coco hatte mir verraten, daß sie ihr Haarteil dem besten Friseur der Stadt geschickt hatte, um es in Fasson bringen zu lassen. Er fragte mich, ein wenig ängstlich, wie ich fand, was ich mit *meinen* Haaren machen würde.

»Oh, ich werd sie einfach waschen«, sagte ich abwehrend. »Glattes Haar läßt man am besten, wie es ist.«

»Und deines sieht immer reizend aus«, sagte er galant.

Als ich nach Hause kam, saßen Inge, unser schwedisches Au-Pair-Mädchen, und Kate, meine vierjährige Tochter, am Tisch in der Küche beim Tee. Beide schienen mir, so wie sie hießen und aussahen, gut zu einem modernen Paar wie Alan und mir zu passen, das den *Guardian* las und in einem recht neuen Haus mit modernem Mobiliar wohnte, das schon ein wenig schäbig wirkte. Ich hätte für unseren relativ großzügigen Lebensstil, der uns durch die Erbschaft meiner Großmutter ermöglicht wurde, wohl dankbar sein sollen, aber nach einem Besuch bei Kitty und Coco war ich jedesmal mit meiner Umgebung unzufrieden. Mit Abscheu sah ich mich in unserer rot-weißen Küche um und fragte mich, wie ich jemals diese gräßliche abwaschbare, mit Obst und Gemüse bedruckte Tapete hatte aussuchen können.

»Kate ist ungezogen gewesen«, sagte Inge selbstgefällig. Sie war ein riesengroßes blondes Mädchen, mit mächtigen Gliedmaßen wie eine moderne Skulptur. Kate war ebenfalls ein eher kräftiger Typ und hatte blaue Augen und Alans rötlichblondes Haar.

Ich wartete nicht, bis ich Genaueres über Kates Ungezogenheit erfuhr, sondern ging nach oben, um mir die Haare zu waschen. Sie hingen mir tropfnaß auf die Schultern, als Alan hereinkam. Ich begann sie zu kämmen und berührte dabei eine Strähne mit der Zigarette. Es roch verbrannt.

»Mußt du eigentlich ständig rauchen, Caro?« meinte Alan. »Ich könnte mir vorstellen, daß es ziemlich unbequem ist – von Lungenkrebs mal ganz zu schweigen.«

Und von den Kosten, dachte ich schuldbewußt, während ich Alan daran erinnerte, daß auch er einmal geraucht hatte. Ich mochte es noch immer nicht, wenn er mich kritisierte. Naiverweise hatte ich mir eingebildet, daß er mich für vollkommen hielt, und es war ein Schock gewesen, als er anfing an mir herumzunörgeln, auch wenn es nur um Kleinigkeiten ging.

Wir hatten uns auf einer Universität kennengelernt, die, zum Kummer meiner Mutter, weder Oxford noch Cambridge war, und hatten uns ineinander verliebt, als ich wegen eines byronhaft aussehenden Schufts mit politischen Ambitionen gerade in einer leichten Krise steckte. Alans hübsche helle Wimpern, seine grauen Augen und sein leichter, aber reizender Dialekt hatten anziehend auf mich gewirkt. Er schien ein Mensch zu sein, der mich hegen und pflegen würde, und bis zu einem gewissen Grad war er auch so und ist es noch immer.

Ich war auf den Namen Caroline getauft, den ich in meiner Jugend in Caro verwandelt hatte, wegen der armen Lady Caroline Lamb, die sich mit dem Wrack eines kleinen Bootes verglich, weil ihr Schönheit und Erhabenheit immer versagt bleiben würden. Mit sechzehn fand man eine solche Selbsteinschätzung noch rührend und amüsant, aber mit zunehmendem Alter erkannte ich, daß sie nicht sehr bewundernswert war. Nach dem Elend der Byronschen Affäre, ein zwangsläufiges Resultat dieser jugendlichen Dummheit, hatte ich mich bemüht, meine Caro-Seite zu vergessen, aber der Name blieb.

Durch Literatur, Journale und die Gespräche anderer Universitätsgattinnen, von denen einige eine Teilzeitstelle hatten, sah ich mich mit der Zeit immer mehr als eine frustrierte studierte Ehefrau, obwohl ich von der Universität weg geheiratet und nie etwas gehabt hatte, was man als eine richtige Stelle bezeichnen könnte, und es auch keine bestimmte Laufbahn gab, die ich verfolgen wollte. Ich war mir jedoch auch darüber im klaren, daß ich keine besonderen mütterlichen Gefühle besaß, und dies schien eine noch größere Unzulänglichkeit zu sein. Ich liebte Kate und sorgte mich sehr oft um sie, aber Inge konnte viel besser mit ihr umgehen als ich. Dennoch war ich stolz darauf, ein Kind hervorgebracht zu haben, wenn auch enttäuscht, daß das Gefühl der »Erfüllung« nicht stärker war.

»Werden deine Haare denn noch rechtzeitig trocken?« fragte mich Alan.

»Natürlich! Du glaubst doch nicht, daß ich mit nassen Haaren zu den Maynards gehe, oder?«

»Bei dir bin ich mir nie ganz sicher.«

»Ich hab dir ein sauberes Hemd rausgelegt«, sagte ich. »Ziehst du deinen grauen Anzug an?«

»Ja, ich glaub schon«, sagte er desinteressiert, ganz anders als Coco. »Ich hätte gern noch einen Tee.«

»Inge kocht dir sicher einen, wenn sie mit Kate fertig ist.« Alans Vorliebe für Tee zu jeder Tageszeit war einst ein liebenswerter Zug gewesen, jetzt ärgerte er mich. Er hatte natürlich inzwischen Getränke entdeckt, die raffinierter und passender waren, aber Tee liebte er noch immer.

»Inge kann doch nicht richtig Tee kochen. Ich mach es lieber selbst.«

Ich bot ihm nicht an, es für ihn zu tun – Alan verstand genausoviel vom Haushalt wie ich.

Ich stand am offenen Fenster und frottierte mir die nassen Haare. Wir wohnten im oberen Teil der Stadt, und ich konnte den Hügel hinunter die großen alten viktorianischen Häuser sehen, von denen manche jetzt Pensionen waren und in denen Rentner lebten, die sich wegen des milden Klimas hier niedergelassen hatten. Im achtzehnten Jahrhundert war die Stadt ein Kurort gewesen, aber jetzt kam niemand mehr, um das Quellwasser zu trinken, und der Trinkpavillon war ein trauriges, verlassenes Gebäude, das Stoff für die Leserbriefe in der Lokalzeitung bot, in denen regelmäßig gefordert wurde, daß damit etwas »geschehen« müsse. Die Universität war aus der hiesigen Technischen Hochschule entstanden und wurde von den Einwohnern mit Mißfallen und wachsender Furcht und Skepsis betrachtet. In diesem Sommer hatten die Studenten rebelliert, jedoch nur verhalten im Vergleich zu anderen, die für ihre Unzufriedenheit wohl auch triftigere Gründe hatten. Die unsrigen befaßten sich mit Nebensächlichkeiten, angefangen bei der Anschaffung von Automaten für Verhütungsmittel bis hin zu Beschwerden über das Essen.

Unser Haus war lediglich neugeorgianisch, die eigentlich georgianischen wurden von Leuten wie Crispin Maynard bewohnt, dem Leiter von Alans Fakultät, dessen Fest wir an diesem Abend besuchten. Vor ein paar Tagen erst waren Crispin und seine Frau Margaret von ihrer Villa in Italien zurückgekehrt. Ich hatte ihnen zugesehen, wie sie das Gepäck aus ihrem Wagen luden, während Alan darüber spottete, wie lächerlich anachronistisch es sei, daß ein Professor einer Provinzuniversität eine Villa in Italien besitze, ganz wie in der Welt von Trollopes Romanen.

»Ich weiß«, hatte ich gesagt, »aber irgendwie ist es gerade das, was man an ihm mag. Als hier die Studenten rebelliert haben, war Crispin schon auf dem Weg zum Gardasee.«

Es war nichts Beschämendes daran, eine Villa von seiner Familie geerbt zu haben, und es freute mich zu sehen, daß nicht alle auf ein und dasselbe Format gestutzt wurden, wie es sich Alan und einige seiner Kollegen gewünscht hätten. Auch ich hatte das einmal gewollt, aber jetzt kam es mir trist vor. Vielleicht war das der Grund, warum ich Coco und Kitty mochte.

Bevor wir weggingen, sah ich zu Kate hinein. In Memoiren aus der Zeit König Edwards kann man ab und zu von der romantischen Erinnerung eines Kindes an seine Mutter lesen – wie sie, zum Ausgehen festlich gekleidet, hereinkommt, um gute Nacht zu sagen. Ich fragte mich, wie ich in Kates Erinnerung wohl aussehen würde, in meinem Hosenanzug, der nicht sehr viel von herkömmlichem Glanz und Zauber hatte. Vielleicht würde ihr Jahre später ein bestimmter Duft diesen Augenblick ins Gedächtnis rufen, denn der Flakon war umgekippt, und der kostbare Geruch betäubte mich.

»Ist das das Parfüm, das ich dir letztes Jahr zu Weihnachten geschenkt habe?« fragte Alan mich und schien zufrieden, als ich es bestätigte.

»Leider hab ich es verschüttet, wahrscheinlich überwältigt es jetzt alle.«

Alan lächelte, als ob das irgendwie sein Ansehen erhöhen würde.

»Na, dann mal los«, sagte Alan, als wir durch die offene Tür in die Eingangshalle der Maynards traten, die makellos eingerichtet war, mit allem, was dazugehört.

Margaret Maynard erwartete ihre Gäste, um jeden mit den passenden Worten zu begrüßen. Sie war eine große, prachtvolle Frau mit rotblondem Haar und trug ein grünes Kleid im Stil der Präraffaeliten, das jetzt erstaunlich modern aussah. Sie hatte zwei Söhne, zwei Töchter und mehrere Enkelkinder. Sie war eine ausgezeichnete Hausfrau und Köchin und erledigte für ihren Mann sämtliche Schreibarbeiten auf der Maschine – diese letztere Fähigkeit stammte aus jener Zeit, als das noch zu den Pflichten einer Akademikerfrau zählte. Alan tippte alles selbst, und das schien mich von seiner Arbeit auszuschließen. Ich hatte nie Gelegenheit, ihm eine treffendere Formulierung vorzuschlagen oder eine falsch plazierte Fußnote zu korrigieren – es würde keine peinliche Danksagung für meine Mitwirkung geben, wenn Alans erstes Buch erschien.

Crispin Maynard war in jeder Hinsicht ebenso prachtvoll wie seine Frau. Auch er war groß, hatte weißes Haar und war Mitte Sechzig, ein Mann mit altmodischen, ritterlichen Umgangsformen.

»Wie bezaubernd du aussiehst, meine Liebe! Laß mich dir etwas zu essen und zu trinken holen.«

Das Essen war bei den Festen der Maynards immer gut, und es gab reichlich davon, so daß man vorher nicht zu Abend zu essen brauchte. Ich nahm eine kleine Pizza und blieb mit ihr in der Hand stehen, in der Hoffnung, davon abbeißen zu können, bevor jemand kam und mich ansprach. Alan war zu einem anderen Dozenten gegangen, um mit ihm ein Fachgespräch zu führen, und ich sah mich gezwungen, vorerst, wie ich hoffte, auf Heather Armitage zurückzugreifen, die Frau des Hilfsbibliothekars, eine ängstlich aussehende Enddreißigerin. Sie schien sich nie von den Sorgen um Karteien und Bibliographien erholt zu haben, aus jener Zeit, als auch sie im Bibliotheksdienst gearbeitet und sich dort, wie ich vermutete, George Armitage geangelt hatte. Ihr Haar war kurzgeschnitten, eine dieser gerade modernen Frisuren, die ihr Gesicht und ihren Hals gnadenlos preisgab.

Heather hatte eine Teilzeitstelle in der Universitätsbibliothek, aber das war anscheinend nicht anregend genug für eine studierte Ehefrau, und sie sprach ausgiebig davon, daß sie irgend jemandem bei irgendeiner Forschungsarbeit half – »wenn's auch nicht die eigene ist«, fügte sie entschuldigend hinzu, »ist es doch wirklich lohnenswert«.

Ich konnte meinen Blick frei im Raum umherschweifen lassen, denn Heather gehörte zu den Leuten, die nicht erwarten, daß man ihren Erfahrungen mit einem eigenen Bericht begegnet. Wer erwartet das schon, wenn man darüber einmal nachdenkt? Wir halten alle gerne Reden, selbst wenn wir nichts von allgemeinem oder universellem Interesse zu sagen haben. Ich sah, wie Dr. Cranton, der Chefbibliothekar, vor einem kleinen Kreis von unfreiwilligen Zuhörern dozierte, aber ich konnte nicht erraten, was er sagte. Seine Frau saß in einer Ecke und aß still vor sich hin. Zwei junge Dozenten, ein Mann und eine Frau, sahen sich mit verliebten, ja begehrlichen Blicken an, doch es entging mir leider nicht, daß die linke Hand des Mädchens geistesabwesend mit einem kleinen Windbeutel spielte, als warte sie nur auf die Gelegenheit, ihn zum Mund zu führen. Alles in allem war es eine recht langweilige Gesellschaft, und Coco und seine Mutter waren noch nicht aufgetaucht. Sie legten stets Wert darauf, überall als letzte zu erscheinen, wie die königliche Familie. Es hieß, daß sie vor einem Fest mindestens zwei Stunden lang ruhen müßten, und es entsprach sicher der Wahrheit, daß Coco sich immer »schonte«, so wie es Kitty offenbar ihr Leben lang getan hatte.

»Da kommt Coco«, sagte Heather plötzlich, »als letzter, wie üblich. Was für ein alberner Name!«

»Sein Taufname ist Corcoran«, erklärte ich ihr, »und das ist wohl ein wenig übertrieben.«

»Sehr modisch gekleidet, nicht wahr?« meinte Heather kritisch. »Ich nehme an, es ist das Neueste vom Neuen.«

»Offenbar, wenn Coco es trägt«, erwiderte ich. Sein Leben mit Karteien zu verbringen verhalf einem wohl nicht zu Großzügigkeit im Geiste, dachte ich. »Findest du nicht, daß er fabelhaft aussieht?«

»Meinst du, daß er farbiger Abstammung ist? Dieses stark gelockte Haar... Das hab ich mich schon immer gefragt.«

»Sein Vater war ein Weißer, aber die Familie hat schon seit vielen Jahren auf der Insel gelebt, und vielleicht, früher einmal...«

»Natürlich sollten sich die Rassen mischen«, sagte Heather beherzt. »Da bin ich sehr dafür.«

Kitty trug schließlich doch ihre schwarzen Perlen. Auf ihrem grauen Kleid kamen sie zweifellos gut zur Geltung.

Coco begrüßte uns. »Ihr seht bezaubernd aus, alle beide. Habt ihr gerade wie die jungen Mädchen nett und lästerlich geplaudert?«

»Sicher nicht«, sagte Heather empört.

»Wir sprachen gerade davon, wie fabelhaft du aussiehst«, meinte ich ein wenig boshaft.

Heather sah verärgert aus. »Ich muß George suchen gehen«, sagte sie.

Wir sahen zu, wie sie zu einer Gruppe hinüberging, in der ihr Mann mit ein paar graumelierten Soziologen stand, und ihn von dort zu der Frau des Bibliothekars schleifte, mit der sie ein Gespräch anfingen.

»Und du mußt Alan suchen gehen?« fragte Coco mich.

»Nein, er kann mich ja suchen, wenn er mich sehen will.«

»Im Moment vielleicht nicht«, bemerkte Coco mit einem Blick zu Alan hinüber, der sich gerade mit einer recht auffälligen und ziemlich jungen Frau unterhielt, die ich, soweit ich mich erinnern konnte, noch nie gesehen hatte.

»Wer ist das?« erkundigte ich mich.

»Oh, jemand Neues – Iris soundso«, sagte Coco teilnahmslos.

»Sie ist attraktiv, nicht wahr?«

»Wenn man auf so etwas steht. Macht es dir etwas aus, nicht schön zu sein?«

»Natürlich nicht. Man rechnet doch nicht damit, *schön* zu sein. Und häßlich bin ich nun auch nicht gerade«, sah ich mich genötigt zu betonen.

»Nein, du hast ein wirklich interessantes Gesicht. Deine

Augen sind gut, aber die Nase ist zu lang. Du könntest sie ja operieren lassen.«

»Ach, sei doch nicht albern.« Dies war ein Gespräch, das Coco und ich ziemlich häufig führten, doch auf einem Akademikertreffen wie diesem wirkte es frivol und deplaziert.

»Ich glaube, Mutter geht der Verlust ihrer Schönheit zu Herzen«, fuhr Coco fort. »Genaugenommen nicht der *Verlust*, denn eine schöne Frau wird sie wohl immer bleiben.«

»Doch man verliert die jugendliche Frische«, half ich ihm.

»Ja – aber die Jugend ist doch langweilig, im Grunde.«

»Meist sind es nur die jungen Leute, die so denken«, bemerkte ich. »Wie schafft es Kitty überhaupt, so prachtvoll auszusehen?«

»Oh, man läßt sich von schönen Sachen hinreißen und umgibt sich damit. Da, schau sie dir an!«

Wir kamen zu Kitty und Crispin Maynard, die sich einen kleinen Kopf aus Marmor besahen, den er wohl aus Italien mitgebracht hatte.

»Ach, ich bin einfach *hingerissen*!« sagte Kitty.

»Dann gehört er Ihnen.« Crispin überreichte ihn ihr mit einer Verbeugung.

»Weiß der Himmel, wo wir den hinstellen sollen«, flüsterte Coco mir zu. »Mutter *sammelt* Kunstgegenstände!«

»Ich weiß«, murmelte ich, eingedenk des gepflegten Durcheinanders – man konnte es nicht anders nennen –, das in der Wohnung der Jeffreys herrschte. Ich wurde allmählich müde, und die Verpflichtung, sowohl Kitty als auch Coco zu bewundern, erschöpfte mich wie immer nach einiger Zeit.

Ich suchte Alan, um ihn zum Nachhausegehen zu bewegen, und fand ihn in Crispins Arbeitszimmer, wie er mit einem Glas in der Hand allein und ohne sich mit jemandem zu unterhalten dastand und ziemlich verärgert aussah. Von der Frau, mit der er vorhin gesprochen hatte, war nichts mehr zu sehen. Crispin saß an seinem Schreibtisch, von Studenten der höheren Semester umringt, darunter mehrere Afrikaner.

»Was geht hier vor?« fragte ich Alan.

»Crispin teilt Gaben aus«, sagte Alan trocken.

»Du meinst, Sonderdrucke von seinem letzten Aufsatz? Dem, der so gut sein soll?«

»*Gut*...«

Ich sah ein, daß das von mir gewählte Adjektiv viel zu schlicht war, viel zu sehr mit anderen, altertümlichen Bedeutungen befrachtet, um die Qualität des Aufsatzes richtig beschreiben zu können. Ich hätte »klug«, »provokant«, »herausfordernd«, »fundiert« sagen sollen.

»Professor Maynard hat uns so viel von unserer Geschichte beigebracht«, meinte einer der Afrikaner, »was wir vorher selbst nicht wußten.«

»Viele Engländer kennen ihre eigene Geschichte nicht«, gab ich zu bedenken.

»Das ist wohl kaum das gleiche.« Die kalte, ziemlich sarkastische Stimme war die von Dr. Cranton, dem Bibliothekar. Ich wußte, daß es nicht ganz das gleiche war, genauso wie ich wußte, daß Crispin Maynard auf dem Gebiet der Geschichte von schriftlosen Völkern die Arbeit eines Pioniers geleistet hatte, indem er sich, wie mir schien, ihre Geschichte aus mündlichen Überlieferungen und Manuskriptmaterial »zusammengebastelt« hatte. Das war auch Alans Thema, aber sein Ausgangspunkt war die Anthropologie, während Crispin Historiker war. Es schien nicht unwahrscheinlich, daß sie auf diesem Gebiet konkurrieren würden, wie es Akademikern so oft passiert, obwohl die Kluft zwischen ihnen hinsichtlich Alter und Ansichten groß war.

»Er ist doch wirklich großzügig«, sagte ich, als wir nach Hause gingen. »Er hat Kitty Jeffreys eine Marmorbüste geschenkt.«

»Ich wünschte, du würdest nicht so viel Zeit mit Coco verbringen, Liebling«, sagte Alan. »Du hast ja anscheinend den ganzen Abend lang mit ihm geredet.«

»Tja, ich war auch eifersüchtig, als du dich mit dieser dunkelhaarigen jungen Frau unterhalten hast!«

»Du meinst Iris Horniblow? Sie ist neu an der Fakultät. Aber das sollte nicht heißen, daß *ich* auf Coco in dieser Weise eifersüchtig sei.«

»Nein, das wärest du nie, wo du doch weißt, daß du keinen Grund dazu hast.«

»Ich versteh einfach nicht, was du an ihm findest.«

»Ich fühle mich wohl bei ihm. Er ist so etwas wie ...«

»Eine Schwester für dich?« schlug Alan vor.

»In gewisser Hinsicht.« Ich verschwieg, daß ich ihn sehr viel sympathischer und amüsanter fand als meine eigene Schwester. »Sagen wir, Coco ist eine Art Bruder. Jedenfalls hab ich mich auch mit einer Menge anderer Leute unterhalten – Heather zum Beispiel.«

»Aber zu Evan Cranton hast du kein Wort gesagt.«

»Du weißt doch, daß ich Angst vor ihm habe.«

»Angst vor dem Bibliothekar – Caro, also *wirklich*!«

»Ich weiß nicht, worüber ich mit ihm reden soll, und er hilft einem ja überhaupt nicht – ich weiß nicht einmal, wofür er sich interessiert.«

Alan zögerte einen Moment. »Nun, die Wiedervereinigung der Anglikanischen Kirche mit den Methodisten, zunächst einmal, und Entomologie, ach, und natürlich für Afrikana-Manuskripte – du weißt doch, er ist dabei, hier eine Sammlung aufzubauen.«

»Das wußte ich tatsächlich nicht, aber ein einfaches Gespräch über Insekten hätte ich wohl mit ihm führen können.«

»Natürlich, jede intelligente junge Frau sollte da reichlich Gesprächsstoff finden. Aber du *versuchst* es ja gar nicht. Und wenn du dir eine Teilzeitstelle suchst, kann es dir leicht passieren, daß du mit ihm in Berührung kommst.«

»Aber *so* eine Stelle will ich nicht, ich will nicht so wie Heather sein und etwas auf Karten schreiben und sie in Kästen stecken. Ich dachte, ich könnte Dolly in ihrem Laden helfen.«

»Caro, du kannst nicht in einem Trödelladen arbeiten – es wird ja wohl noch etwas Besseres für dich geben.«

Ich war zu müde, um einzuwenden, daß Dolly eigentlich eine Art Antiquariat führe, auch wenn sie ein paar »Objekte« auf einem Tisch rausstellte, wenn es schön war. Wir waren zu Hause angelangt, und ich ging nach oben und fiel ins Bett, in der Hoffnung, Alan würde mir folgen. Doch statt dessen ging er in sein Arbeitszimmer mit der Bemerkung, daß er noch etwas für den Aufsatz tun würde, an dem er gerade schrieb. Ich lag da und lauschte dem Klappern seiner Schreibmaschine, doch bald überkam mich der Schlaf, und das nächste, was mir bewußt wurde, war Kates begeisterte Begrüßung allzufrüh am Morgen.

Zweites Kapitel

Es war kaum zu glauben, daß Dolly Arborfield die Schwester von Kitty Jeffreys war, auch wenn man eine leichte Familienähnlichkeit in ihren Gesichtszügen ausmachen konnte. Dolly hatte krauses graues Haar und trug Kleider, die sich in ihre Umgebung aus alten Büchern, Trödel und Tieren nahtlos einfügten. Sie war ein paar Jahre älter als Kitty und pflegte sich über ihren Namen, Dorothea, lustig zu machen, der »Geschenk Gottes« bedeutet. Für ihre Eltern, die sich einen Sohn gewünscht hatten, aber nur Töchter bekamen, mag der Name nicht ohne Ironie gewesen sein, vor allem, weil Dolly noch nicht einmal die Hübsche von beiden war. »Ein Geschenk Gottes war ich wohl nicht«, sagte sie dann, »aber das konnten sie ja damals noch nicht wissen.« Es war Kitty, die die glänzende, oder zumindest reiche, Partie gemacht hatte. Dolly war allein geblieben, doch hatte sie mir immer zu verstehen gegeben, daß ihr Leben nicht ohne Liebe gewesen war. Aber jetzt, da sie über sechzig war, waren die Menschen ihr fremd geworden, und den Kontakt zu ihren früheren Liebhabern pflegte sie nur um der praktischen und materiellen Vorteile willen; der Anblick eines Igels, der sein Beinchen hob, um sich zu kratzen, rührte sie weit mehr als jede Erinnerung an eine verflossene Liebe. Ebendiese Igel waren einer der Gründe, warum Dolly nie wegfuhr. Die Angewohnheit, zu Hause zu bleiben, ging, wie sie mir erzählte, auf einen Streit mit einer Nachbarin zurück, die sich geweigert hatte, den Igeln während Dollys Abwesenheit Futter zu geben. Die Nachbarin war längst gestorben, und eine andere, die entgegenkommender war, hatte ihren Platz eingenommen, aber nun war es zu spät, denn in ihrem fortgeschrittenen Alter hatte Dolly das Bedürfnis nach einem Tapetenwechsel verloren. »Wohin man auch geht, man kommt nicht von sich los«, sagte sie, »und das ist doch sehr ärgerlich in einer schönen Umgebung.«

Alan fand, daß ich Dolly zu häufig sah, ebenso wie Coco und seine Mutter, doch während er diese verachtete, fürchtete er sich ein wenig vor Dolly. Es machte ihn mißtrauisch, daß sie sich vor allem mit Tieren abgab und für die Probleme der Einsamkeit interessierte, und ihre zynische Haltung gegenüber Akademikern und insbesondere denen von den neuen Universitäten ließ es ihm zugleich in ihrer Gegenwart unbehaglich werden. Zudem meinte er, sie hätte einen schlechten Einfluß auf mich, weil sie ständig rauchte.

Als ich sie am Tag nach dem Fest besuchen kam, saß sie aufrecht im Bett und zählte ihre Zigarettencoupons, die sie zu je fünfhundert bündelte.

»Ich werde eine Kasserolle mit Ständer nehmen«, verkündete sie mir, »mit einem kleinen Teelicht zum Warmhalten darunter.«

»Aber würdest du die denn jemals benutzen?« fragte ich zweifelnd.

»Es könnte doch sein! Und wenn nicht, kann ich sie zu Weihnachten verschenken.«

Ich setzte mich auf die Bettkante und sah mir mit ihr den »Geschenk«-Katalog an. Die farbigen Abbildungen zeigten Männer, die mit Gartengeräten und elektrischen Bohrmaschinen und Autos so viele männliche Dinge taten, daß mir klar wurde, ich hätte besser Coupons sammeln und mir etwas für Alan besorgen sollen, anstatt eine Sorte zu rauchen, bei der es keine gab. Dann blätterte ich um und sah ein Bad voll schöner Handtücher vor mir, eine Küche, die vor neuen Töpfen strahlte, und einen Kreis von gepflegten Leuten, die aus geschliffenen Gläsern Sherry tranken.

»Oje«, seufzte ich, »das ist alles so ganz anders als bei *mir*.«

Draußen regnete es, und wahrscheinlich war Dolly deshalb noch nicht aufgestanden. Sie blieb meistens im Bett, weil sie es bequem fand, dort zum Beispiel ihre Coupons zu sortieren oder Briefe zu lesen und zu schreiben. Mit dem bedachtsamen Ausruhen und Sich-Schonen, dem Kitty und Coco frönten, hatte es wenig zu tun. Bei schönem Wetter stand Dolly stets im Morgengrauen auf, beobachtete die Natur in ihrem Garten, trank Kaffee, rauchte und arbeitete im Haus. Ihre Unberechenbarkeit war eines der Dinge, die ich an ihr so mochte.

Ich begann, ihr von dem Fest bei den Maynards zu berichten und schilderte ihr, wie die Leute aussahen und was es zu essen gab, wovon letzteres sie jedoch mehr interessierte.

»Alan meint, ich bräuchte eine Beschäftigung«, erzählte ich ihr, »und da ich ihm so gut wie gar nicht bei seiner Arbeit helfen kann, muß ich mir wohl etwas anderes suchen – ihm schwebt etwas vor, was mit Forschung und Karteien zu tun hat, aber ich hätte lieber etwas ganz anderes, dessen ich mich wirklich annehmen könnte.«

»Wie wär es mit dem Altersheim?« schlug Dolly vor.

Der Schreck war mir wohl anzusehen, denn sie fügte schnell hinzu, daß es dort durchaus interessante Leute gebe.

»Es ist nur für die vornehmen Kreise, wie Schwester Dew unermüdlich betont, und die meisten haben ihre eigenen Möbel dabei.«

Die Vorstellung von älteren Leuten vornehmer Herkunft inmitten ihrer eigenen Chippendale- und Sheraton-Möbel, von Waterford-Gläsern und Chelsea- oder Meißener Porzellan ganz abgesehen, fand ich nicht gerade reizvoll, und ich sagte das auch.

»Und außerdem, was könnte ich da tun?«

»Ihnen etwas vorlesen«, meinte Dolly.

»Ihnen etwas *vorlesen*? Wie schrecklich! Was denn?«

»Romane und Biographien, Gedichte, die Bibel – weißt du, daß Professor Maynard dort manchmal einen pensionierten Missionar besucht?«

»Crispin Maynard? Na ja, er ist eben ein freundlicher Mensch – das paßt zu ihm. Und war er nicht mal an einer afrikanischen Universität? Vielleicht haben sie da ja etwas gemeinsam. Ich *könnte* den alten Leuten wohl schon vorlesen, wenn sie wirklich jemanden brauchen. Ich denk mal drüber nach und sag dir dann Bescheid, aber jetzt muß ich nach Hause.«

»Ich hab mich schon gewundert, daß du an einem Sonntagmorgen Zeit hast, mich zu besuchen«, bemerkte Dolly.

»Es gibt heute einen Schmortopf«, erklärte ich ihr.

»Und ich hab Alan für einen Mann gehalten, der am Sonntag Roastbeef und Yorkshire-Pudding haben will.«

Dem war auch so, und gerade diese Eigenart gehörte zu den Dingen, die ich an ihm so attraktiv gefunden hatte, als wir uns kennenlernten. Doch jetzt versuchte ich, ihn, was das Essen anging, etwas risikofreudiger zu machen, was ich Dolly aber nicht verriet.

Auf dem Heimweg ging ich an der Pfarrkirche vorbei. Die Gemeinde kam gerade aus dem Frühgottesdienst. Durch die offene Tür konnte ich den Klang der Orgel hören, schwer und süß, fast wie Sirup, altmodisch klingende Harmonien, die an viktorianische Kirchenmusik erinnerten. Das war womöglich nicht verwunderlich, denn der Organist war Coco. Kitty und er hatten, wie sie mir erzählten, die anglikanische Kirche St. Michael's in Paradise Bay wesentlich mitgetragen, und der Stil seines Orgelspiels stammte aus jener paternalistischen Gesellschaft, die jetzt der Vergangenheit angehörte. Doch selbst hier gab es ein oder zwei schwarze Gesichter in der Gemeinde, und als ich am Friedhofstor vorüberging, konnte ich sehen, wie Kitty mit einer der Schwarzen sprach – einer älteren Frau mit einem Hut, der mit ihrem eigenen beinah konkurrieren konnte – und ihr gnädig den Kopf zuneigte, wie sie es auf der Insel so häufig getan haben mußte.

Ich konnte nicht auf Kitty oder Coco warten, und mir war klar, daß ich zu spät kam, als ich zu Hause eintraf und Inge schon dabei war, sich zum Ausgehen fertigzumachen. Sonntags besuchte sie meist einen skandinavischen Klub in der

Stadt, den ich nach irgend etwas bei Ibsen, an das ich mich noch erinnerte, die Seemannsmission nannte, auch wenn Alan den Witz nicht sehr gut fand. Ich nahm an, daß die Mädchen sich trafen, um über ihre Gastfamilien zu klagen, doch ich fühlte mich meiner selbst sicher, weil wir darauf bestanden, Sonntag mittags unangenehm früh zu essen, damit sie rechtzeitig fortgehen konnte.

»Kartoffeln sind schon fertig«, begrüßte sie mich vorwurfsvoll.

»Na«, sagte ich, als ich ins Arbeitszimmer trat, »ich dachte, du wartest schon aufs Essen.«

»Ich warte darauf, daß Inge mich nicht mehr mit so finsterem Blick ansieht«, meinte Alan, »ich wünschte, du würdest ihr etwas genauer erklären, was sie machen soll. Können wir denn nicht mal ein Glas Sherry trinken?«

»Ja, komm. Ich sag ihr, sie soll essen und dann gehen. Dann können wir mal kultiviert zu Mittag essen – wenn man mit Kate dabei überhaupt etwas so nennen kann.«

»Wenigstens sind wir dann Inges dumpf brütende Erscheinung los.«

Bei Tisch erzählte ich ihm von dem Altersheim und Dollys Vorschlag, daß ich dort vorlesen solle. Ich war beinahe erstaunt, daß er nicht gleich ablehnend reagierte, doch alte Leute waren damals auch ziemlich in Mode. Jede Woche erschien in dem einen oder dem anderen der besseren Sonntagsblätter ein Beitrag über Senioren, und wenn man zeigen konnte, daß sie schlecht behandelt oder vernachlässigt wurden, war es nur um so besser.

»Crispin Maynard geht ab und zu hin«, sagte ich, »um irgendeinen alten Missionar zu besuchen. Und Dolly sagt, sie seien alle aus vornehmen Kreisen.«

»Das klingt ja so, als wär es ganz im Sinne deiner Mutter«, spöttelte Alan, und ich wußte, was er meinte. Meine Mutter, die ein malerisches kleines Cottage in einem Dorf in Oxfordshire bewohnte, konnte noch immer nicht finden, daß Alan der richtige Mann für mich sei. Eine Stelle als Wissenschaftler an einer neuen Universität, die eine frühere Technische Hochschule war, war doch irgendwie nicht ganz das richtige, nicht ganz, was man sich wünschte. Auch meine Schwester war für sie eine Enttäuschung gewesen, denn sie lebte in London mit einem Ausstatter vom Fernsehen zusammen, und es sah nicht so aus, als ob sie jemals heiraten würden.

»Dieser Missionar, den Crispin gelegentlich besucht – könntest du nicht seinen Namen herausfinden?«

»Ja, sicher«, sagte ich verwundert. »Kann es denn sein, daß du ihn kennst?«

»Nicht direkt. Aber vielleicht ist es jemand, von dem ich schon gehört habe«, meinte Alan nachdenklich. »Jemand, der für Crispin und mich von besonderem Interesse ist.«

Drittes Kapitel

Am nächsten Morgen klingelte es an der Tür, kurz nachdem Alan in sein Institut gegangen war. Von einem Seitenfenster aus konnte ich eine weibliche Gestalt in einer langen schwarzen Robe vor dem Eingang stehen sehen. Eine Nonne, die für irgend etwas sammelt, dachte ich und griff zu meinem Geldbeutel, um ihm die Silbermünze zu entnehmen, die mir der Aberglaube abverlangte – so wie man auch eine Wahrsagerin mit einem Silberstück besticht –, doch als ich öffnete, sah ich, daß es eine von Alans Studentinnen war, die einen bodenlangen schwarzen Mantel trug. Sie fragte, ob ich eine Minute Zeit für sie hätte.

Ich bat sie herein und dachte mir, daß dies vielleicht die Gelegenheit sei, auf die ich gewartet hatte. Die Studenten meines Mannes sollten mit ihren Problemen zu mir kommen, fand ich und stellte mich darauf ein, ihr in irgendeiner privaten Angelegenheit einen Rat zu geben – Empfängnisverhütung, oder sogar Abtreibung. Doch meine Hoffnungen zerschlugen sich, als sie sagte: »Ach, Mrs. Grimstone, könnten Sie mir wohl ihre Nähmaschine leihen?«

Jetzt bemerkte ich, daß sie eine geblümte Tragetasche bei sich hatte, aus der sie ein langes Abendkleid im Stil der dreißiger Jahre zog, welches vermutlich von einem von Dolly Arborfields Basaren zugunsten der Tierfürsorge stammte. Die junge Frau wollte sich, wie sie mir erklärte, das Kleid enger machen, um es zu einem Hochschulfest anziehen zu können.

Etwas enttäuscht ließ ich sie mit der Maschine allein und ärgerte mich ziemlich, weil Alan meinte, es gehöre sich nicht, daß ich, wie die Studenten, Kleider von Wohltätigkeitsbasaren trüge.

Ich hatte mit Dolly vereinbart, an diesem Nachmittag ins Altersheim zu gehen, und sah dieser Prüfung – Erfahrung –, diesem Privileg mit gemischten Gefühlen entgegen. Ich hatte wieder die Beilage der *Sunday Times* vor Augen, die Bilder von den alten Leuten, ihre Gesichter unscharf, dem Zeitgeschmack entsprechend, und stellte mir vor, wie sie dagesessen und mit hoffnungslosem Blick den Reporter und seinen flotten Photographen angestarrt hatten. Doch die Menschen, die ich besuchen ging, würden wohl anders sein. Es würde dort nicht so viele von ihnen geben, sie würden gut versorgt sein und nicht von ihren Verwandten im Stich gelassen. Und dennoch, wie konnte ich wissen, ob ich mit ihnen überhaupt würde umgehen können? Selbst das laute Lesen, in dem ich keine Schwierigkeit gesehen hatte, schien jetzt über meine Kräfte zu gehen. Womöglich waren sie sogar taub.

Der erste Anblick, den das Heim mir bot, beruhigte mich ein wenig. Es hieß Normanhurst und war ein großes frei stehendes edwardianisches Haus mit einer Kiesauffahrt und einer Menge immergrüner Sträucher, die sich um den Eingang rankten. Der Tag war schön, und neben dem Haus konnte ich ältere Leute im Garten spazierengehen sehen, oder in den »Anlagen«, wie Schwester Dew ihn vorzugsweise nannte. Vielleicht sind sie ja alle draußen, dachte ich hoffnungsvoll, und es ist nicht der Moment, um ihnen etwas vorzulesen.

Schwester Dew begrüßte uns an der Tür, und Dolly stellte mich vor.

»Ein junges Gesicht«, sagte Schwester Dew munter. »Das sehen sie gern!«

Verlegen senkte ich den Kopf, hatte ich mich doch soeben besonders gräßlich gefühlt, doch das Gesicht einer nicht übermäßig schönen Frau von achtundzwanzig Jahren mußte denen, die siebzig oder achtzig waren, wohl jugendlich vorkommen.

Schwester Dews äußere Erscheinung gab ihrem munteren Tonfall recht. Sie hatte ein glattes, wohlgeschminktes Gesicht und eine funkelnde blaue Schmetterlingsbrille im Stil der fünfziger Jahre, kurzes graues Haar und gute, ebenmäßige falsche Zähne auf blaßrosafarbenem Zahnfleisch. Auf die meisten ihrer Schützlinge – wenn man sie so nennen wollte – wirkte sie wohl vertrauenerweckend; nur einige mag die Verzweiflung überkommen haben.

»Reverend Stillingfleet wartet schon auf Sie, meine Liebe«, sagte sie, auf ein Zimmer im Erdgeschoß weisend.

»*Mister* Stillingfleet, außer, er zieht es vor, Father genannt zu werden«, brummelte Dolly, wobei sie die Fäuste ballte, eine Geste, die typisch für sie war, wenn sie sich ärgerte.

Sie hatte angeklopft, und wir traten zusammen ein. Ich verstand sofort, was Dolly mit dem Hinweis darauf gemeint hatte, daß die Bewohner von Normanhurst ihren eigenen »Kram« mitbringen durften. Mr. Stillingfleet hatte mit Schnitzereien verzierte Holzhocker, Masken, Statuen, grobe Holzwerkzeuge, die wohl aus Afrika stammten, und bunte Wandbehänge in seinem Zimmer, die Schwester Dew vermutlich als unhygienisch empfand. Es sprach für sie, daß sie ihm diese nicht verboten hatte, aber ich zweifelte nicht daran, daß sie häufig abgenommen und im Garten kräftig ausgeklopft oder -geschüttelt wurden.

Ein gebrechlicher alter Mann mit hellen wäßrigen Augen saß aufrecht im Bett. Dolly sprach ihn mit klarer Stimme und in fast rauhem Ton an, ohne jede Herablassung, aber auch ohne Rücksicht auf sein Alter und seine Gebrechlichkeit.

»Das ist Mrs. Grimstone, die ihnen etwas vorlesen will«, sagte sie. »Ihr Mann ist Dozent an der Universität, und sie wird Ihnen vorlesen, was immer Sie möchten.«

Mr. Stillingfleet lächelte. Er sah dabei weniger beängstigend alt aus. Ich schätzte ihn auf mindestens achtzig.

»Ich bin nahezu blind, meine Liebe«, erklärte er mir. »Aber hören kann ich noch recht gut.«

Dolly nickte befriedigt und ging rasch hinaus.

Mr. Stillingfleet streckte die Hand aus.

»Wenn es Ihnen recht ist, nehmen Sie doch diese Zeitschrift da, die mir Schwester Dew zuoberst auf die Kiste gelegt hat – die mit dem terrakottafarbenen Umschlag...«

Ich blickte auf eine große mit einem breiten Riemen verschlossene Kiste oder Truhe, auf die er deutete. Dort lag, wie er gesagt hatte, ein Stapel verschiedener Bücher und Zeitschriften, die terrakottafarbene obenauf. Ich nahm sie und sah zu meiner Überraschung, daß es eine Zeitschrift war, die Alan bezog – ja, ich glaubte, daß der Aufsatz, an dem er gerade schrieb, für sie bestimmt war. Dies schien mir ein seltsamer Zufall zu sein, bis mir einfiel, daß Alan mich ja gebeten hatte, nach dem Namen des alten Missionars zu fragen. Vermutlich hatte er in Zusammenhang mit irgendeinem Teil seiner Arbeit schon von ihm gehört. Noch größer war meine Überraschung, als der alte Mann mich bat, ihm einen Aufsatz von Crispin Maynard vorzulesen. Zunächst stolperte ich über die Terminologie, mit der ich nicht vertraut war, doch nach einer Weile entsann ich mich wieder der Zeit, als ich Alan gerade kennengelernt und versucht hatte, mit seiner Arbeit mitzuhalten, und die Wörter kamen mir leichter über die Lippen. Einmal unterbrach mich Mr. Stillingfleet und fragte, ob an dieser Stelle eine Fußnote sei. Ich fand dort wirklich eine, und er bat mich, sie ihm vorzulesen. Es wurde darin auf einen Aufsatz von ihm selbst verwiesen, der im Jahre 1913 erschienen war. Er lächelte und nickte, als ich seinen Namen und den Titel des Aufsatzes vorlas. Ich war ziemlich gerührt über diesen Stolz eines alten Mannes auf das, was er einmal geleistet hatte – und wenn es auch nur ein zehnseitiger Aufsatz in einer obskuren Missionarszeitschrift war. Ich fragte mich, ob Alan sich dafür interessieren würde.

Als ich den Aufsatz gerade zu Ende gelesen hatte, kam Schwester Dew mit einer Tasse Bovril-Brühe auf einem Tablett herein.

»Na, wir dürfen uns jetzt aber nicht überanstrengen, nicht wahr?« meinte sie, wobei sie mich womöglich zu ihrem Patienten dazurechnete, und natürlich war mein Hals nach der Anstrengung des Vorlesens ganz ausgetrocknet.

Mr. Stillingfleet bedankte sich bei mir und setzte sich zurecht, um seine Bovril-Brühe zu trinken. Ich legte die Zeitschrift wieder zuoberst auf die Kiste und verließ, recht zufrieden mit mir, hinter Schwester Dew das Zimmer.

»Sie waren ein voller Erfolg«, sagte sie. »Das habe ich gleich gewußt. Er will ja so komisches Zeug vorgelesen bekommen, aber mit einem Mann an der Universität sind Sie das wohl gewohnt. Na, wie wär es mit einer Tasse Tee, bevor Sie gehen? Die haben Sie sich doch wirklich verdient.«

Die Einladung zum Tee nahm ich dankbar an, obwohl ich ihn sonst um diese Tageszeit sicher abgelehnt hätte. Während ich meinen Tee trank, plauderte Schwester Dew weiter von Mr. Stillingfleet – daß er verheiratet gewesen, seine Frau jedoch »bei der Mission«, wie sie es nannte, gestorben sei, und dann war er zu seiner Schwester in eine Ortschaft hier in der Nähe gezogen, dann war auch sie gestorben, und er hatte es nicht mehr alleine geschafft, und so war er hierher nach Normanhurst gelangt, um seine Tage inmitten seiner Schätze zu beschließen.

»Schätze?« fragte ich ungläubig. »Sie meinen diese geschnitzten Sachen und was er sonst noch so im Zimmer hat?«

»Ja, sein Spielzeug, eigentlich«, meinte Schwester Dew nachsichtig. »Dafür würde ich es halten. Aber am meisten wert ist ihm natürlich das, was in der Kiste ist – Manuskripte und so.«

»Ah ja, vermutlich Aufzeichnungen und dergleichen.«

»Ja, genau. Er wollte den Professor nicht hineinsehen lassen, als der zu Besuch da war.«

Sie mußte wohl Crispin Maynard meinen, vermutete ich.

»Sie können doch wohl nichts *wert* sein«, sagte Schwester Dew unsicher. »Ich meine, nicht für jemand anderen als den Reverend Stillingfleet, oder? Aber in dieser Hinsicht war er sehr bestimmt. Er hat zu mir gesagt: ›Ich verbitte mir, daß irgendwer an meine Kiste geht.‹ Genau das waren seine Worte.«

»So werden die Leute wohl im Alter«, erwiderte ich, schließlich kannte man das ja. Alan mochte es nicht, wenn ich in seinem Arbeitszimmer irgend etwas verrückte. Manchmal glaubte ich, daß er mich für ein aufdringliches, ungebildetes Dienstmädchen hielt, das ein kostbares Manuskript zum Feuermachen nehmen könnte.

»Der alte Mr. Stillingfleet hat eine Kiste Unterlagen«, sagte ich zu Alan, »und nicht einmal Crispin Maynard darf da ran.«

»Versuch doch mal, einen Blick auf sie zu werfen«, meinte Alan nebenher. »Wer weiß, vielleicht ist ja die unbereinigte Fassung seiner *Erzählungen der schwarzen Washeli* dabei.«

»Was ist denn das – ein pornographisches Werk?«

»Sei doch nicht albern, Caro. Es ist nichts weiter, als was ich gesagt habe – die vollständige, ungekürzte Fassung des Buches, das der alte Stillingfleet 1920 veröffentlicht hat. Crispin und ich versuchen beide schon ewig, sie zu sehen zu bekommen. Davon, daß Stillingfleet hier ist, hat Crispin mir natürlich nichts gesagt – verständlicherweise. Jetzt ist es an dir, Caro, einen Blick davon zu erhaschen.«

Die Vorstellung, wie ich versuchte, das Manuskript aus der Holzkiste zu entwenden, brachte mich zum Lachen, und doch wäre es schön, wenn ich etwas tun könnte, was Alan gefiele.

Viertes Kapitel

Von da an ging ich regelmäßig nach Normanhurst. Beim Vorlesen machte ich Fortschritte und stolperte nicht mehr über ungewohnte Wörter; auf merkwürdige Weise freundeten Mr. Stillingfleet und ich uns geradezu an. Einer Gelegenheit, den Inhalt der Kiste zu sehen, kam ich trotzdem keinen Schritt näher. Ja, ich durfte sie nicht einmal anfassen. Die Bücher und Aufsätze, die ich ihm vorlesen sollte, lagen immer bereit, so daß man nie etwas zu suchen brauchte. Ich mußte mich mit dem Gefühl begnügen, daß ich einem alten Menschen »etwas Gutes tat«, und das war auch durchaus befriedigend für mich, die ich nie jemandem bewußt etwas Gutes getan hatte. Und dennoch war es mir nicht genug, und ich begann mich zu langweilen und ungeduldig darauf zu warten, daß etwas geschah. Alan erkundigte sich nicht mehr nach dem Manuskript, doch ich wußte, daß er an seinem Aufsatz saß. Das Klappern seiner Schreibmaschine hielt ihn davon ab, ins Bett zu kommen, und ich kam mir alleingelassen und vernachlässigt vor. Coco, dem ich mich dummerweise anvertraut hatte, als wir einmal etwas trinken gingen, gab mir den Rat, mir einen Liebhaber zu suchen.

»Das macht man so«, sagte er, als ob ich völlig weltfremd wäre.

»Ja, sicher«, pflichtete ich ihm bei. »Aber wer, oder *wen*, was das angeht – wen *gibt* es denn an einem Ort wie diesem schon?«

Coco antwortete vage. Er habe niemand Bestimmtes im Sinn, und ich wäre sicher nicht mit dem Nächstbesten zufrieden. Ein namhafter Künstler oder Schriftsteller, ja auch das Mitglied einer adligen Familie oder eines Königshauses im Exil – vielleicht lebte hier in der Stadt so jemand. Schließlich kamen solche Leute doch gern an einen Ort wie diesen – wofür er selbst und seine Mutter ja ein Beispiel waren.

»Aber das Mitglied eines Königshauses im Exil wäre vermutlich altersschwach und von Motten zerfressen«, protestierte ich, »und da möchte ich doch etwas Besseres.«

»Schade«, seufzte Coco. »Es wäre doch lustig gewesen – ich hätte so gern den Vermittler gespielt.«

An dieses Gespräch dachte ich eines Mittags, als ich mit Alan in der Universität zum Essen verabredet war. Doch die saubere, funktionelle neue Kantine mit dem Aufenthaltsraum für die Dozenten, die so schnell aus dem Boden gestampft worden war, angeklebt an das Gebäude aus dem neunzehnten Jahrhundert, in dem die Räume der alten Technischen Hochschule lagen, schien nicht die richtige Atmosphäre für irgendeine Art von amourösem Abenteuer zu bieten und schon gar nicht für etwas so Altmodisches wie die romantische Liebesgeschichte, die Coco sich für mich ausgedacht hatte. Ebensowenig sollte es hier so etwas wie Bosheit oder Schlechtigkeit geben, dachte ich, während ich darauf wartete, daß Alan aus seiner Vorlesung kam. Diese Gebäude waren doch gewiß der richtige Ort für einen Neubeginn, an dem man die alten Intrigen und kleinlichen akademischen Ärgernisse vergessen konnte.

Die Leute hier schienen ganz gewöhnliche Männer zu sein, etwas ungehobelter vielleicht und weniger kultiviert als eine Gruppe von Fernsehleuten etwa, die ich gelegentlich mit meiner in London lebenden Schwester getroffen hatte. Ich wußte, ich hatte es hier mit Dozenten der Englischen Literatur, der Geschichte, der Sprachwissenschaft, der Anthropologie, Soziologie und der Wirtschaftswissenschaften zu tun. Doch wie viele von ihnen waren wohl außerdem gute Ehemänner und wunderbare Liebhaber, zärtliche Väter und pflichtbewußte Söhne, überlegte ich. Die wenigsten von ihnen konnten natürlich das alles auf einmal sein. Für mich war Alan ein ganz passabler Ehemann, kein sehr stürmischer Liebhaber, ein pflichtbewußter Vater und ein Sohn, der die Familie, über die er hinausgewachsen war, verachtete. Es hieß jedoch, daß er, was seine Arbeit anging, glänzend sei und seinen Studenten eine große Hilfe. Außerdem war ich, was wohl bedeutsamer ist, einmal in ihn verliebt gewesen und war es in gewisser Weise noch immer. Doch während ich hier wartete, ohne einen Tropfen Alkohol im Blut, und mich unter Leuten wußte, die mich offenbar nicht zur Kenntnis nahmen, versuchte ich, mich selbst von außen zu betrachten. Behutsam und vorsichtig, mit klarem Blick und so unvoreingenommen wie möglich, blickte ich verstohlen auf Alan und mich, wie wenn man den Zipfel eines Vorhangs lüftet oder durch einen Lichtspalt in ein Fenster späht. Ich sah zwei Menschen, zusammen und doch jeder für sich, die durchaus zueinander paßten, und ich fragte mich, ob es denn mein Fehler war.

»Ach, *hier* bist du, Caro.« Alan konnte einen leicht gereizten Ton nicht unterdrücken, als wäre ich an seiner Verspätung schuld.

»Hat dir denn niemand etwas zu trinken gebracht?«

»Nein, aber das macht nichts. Ich hab mich hier ganz wohl gefühlt.«

Er holte uns etwas zu trinken, dann saßen wir schweigend beisammen. Ein paar von Alans Kollegen waren schon beim Essen, stärkten sich, um besser aushalten zu können, was die meisten von ihnen als die »drückende Last der Lehrtätigkeit« empfanden, die manchmal bis zu acht oder zehn Wochenstunden betrug. Die meisten nickten Alan beim Hereinkommen zu, doch keiner setzte sich an unseren Tisch; jeder war ganz mit sich selbst beschäftigt; die Sache hatte nichts Kommunikatives an sich. Die meisten der jungen Dozenten, mit Ausnahme der noch ganz jungen, waren an einem Punkt der Unzufriedenheit mit ihrer Position. Auch Alan – *Dr.* Alan Grimstone, denn er war natürlich promoviert – hatte schon seit längerem das Gefühl, endlich vorwärtskommen und aufsteigen zu müssen. Genau wie unser grüner Triumph Herald jetzt nicht mehr ganz reichte, bot ihm auch seine Stellung als Dozent nicht den Spielraum, den er brauchte. Er wußte, daß man ihn als einen fähigen und vielversprechenden Mann ansah, aber er glich einer Karte in einer Patience – es gab da Karten von einer höheren Farbe, derentwegen er nicht weiterkam. Vor allem stand ihm Crispin Maynard im Wege, und obwohl Alan natürlich nicht hoffen konnte, nach dessen Pensionierung seinen Lehrstuhl zu übernehmen, glaubte er doch, sein eigener Weg nach oben würde leichter zu verfolgen sein, wenn Crispin erst einmal fort war. Meine Mutter, die dem Patiencespiel geradezu verfallen war (Alans Mutter hatte keine Zeit), klagte so oft in verzweifeltem Ton: »Ich komm doch an die Zwei nicht ran – ein schwarzer König liegt davor!«, was Alans Gefühle treffend zum Ausdruck brachte.

Während er darauf wartete, daß Crispin auf dem natürlichen Weg der Pensionierung verschwand, hatte Alan sich aufs Feld des akademischen Wettstreits in wissenschaftlichen Zeitschriften begeben, und der Aufsatz, an dem er gerade saß, würde wohl Crispins Vorherrschaft auf dessen eigenem Gebiet anfechten.

Alan ging zur Bar, um uns noch etwas zu trinken zu holen. Dabei wurde er von einer Frau abgefangen.

»Wie kann man denn auf so etwas in einer Fußnote verweisen?« hörte ich sie sagen. »Ich meine, der Bericht ist doch nicht veröffentlicht, und man hätte wohl gar keinen Zugang dazu haben sollen...«

»Haben Sie eigentlich meine Frau schon kennengelernt?« Alan führte sie zu mir und stellte sie mir vor als Dr. Iris Horniblow, die in diesem Trimester an das Institut gekommen sei. Es war die Person, mit der Alan sich auf dem Fest der Maynards unterhalten hatte. Sie war eine imposante Erscheinung, mit ihrem vollen, geradegeschnittenen dunklen Haar und ihren verwegenen braunen Augen. Mir fiel auf, daß sie einen sehr breiten goldenen Ehering trug.

»Nein, noch nicht richtig.« Dr. Horniblow bedachte mich mit einem Nicken. »Ich glaube, ich habe Sie schon mit Ihrer kleinen Tochter gesehen.«

Das schien mir meinen Platz zuzuweisen. Ich fragte mich, ob sie wohl Kinder hatte, und war nicht überrascht zu hören, sie habe zwei, einen Jungen und ein Mädchen: Luke und Alice. Die Namen erfüllten mich mit leiser Verachtung, wenngleich Kate auch nicht viel besser war.

Dr. Horniblow sagte irgend etwas über Aufklärungskurse und fragte mich, was ich davon hielte. Darauf hatte ich keine Antwort parat, gab aber ziemlich schwach zurück, daß unsereins diese Art von Erziehung vielleicht selbst, zu Hause, vornehmen sollte.

»Daheim bei Mama«, sagte Dr. Horniblow – ich konnte sie in meinen Gedanken einfach nicht Iris nennen – in einem Ton, der meine altmodische Ansicht mit Verachtung strafte. »Daraus könnten ernstliche psychologische Schwierigkeiten entstehen – aber andererseits will man ja auch nicht, daß sie von anderen Kindern etwas Falsches aufschnappen.«

»Oder von den Tieren«, meinte Alan.

Ich wußte, daß er daran dachte, wie Kate einmal nach einem Besuch bei Dolly heimgekommen war und etwas von den Igelbabys schwatzte und davon, daß die Igelmama sie eines frühen Morgens in den Blättern vorgefunden habe. War sie denn gar nicht neugierig darauf, wie sie dort hingekommen sind? fragte er mich beharrlich. Nein, sie hatte keine Neugierde gezeigt, und als ich später versucht hatte, sie ein wenig darüber aufzuklären, wie die Babys aus dem Bauch der Igelmama kommen, war mir klar, daß man das hätte besser machen können und daß es Alan nicht gefallen würde, wenn Kate diese Dinge von Dolly lernte und an so einem niederen Lebewesen wie einem Igel, der voller Flöhe war.

»Ach, Hunde und Katzen können da ganz nützlich sein«, meinte Dr. Horniblow. »Freilich nicht gerade ein kastrierter Kater«, fügte sie hinzu. »Ein kastrierter Kater nützt weder Mensch noch Tier.« Sie lachte und ließ uns zum Essen allein.

»Wie kann man nur so etwas sagen«, protestierte ich.

»Was denn?«

»Das mit dem kastrierten Kater.«

»Also *wirklich*, Liebling... Iris ist wahrlich ein großer Gewinn für die Fakultät. Sie ist eine äußerst fähige Frau.«

Letzteres war, wie ich wußte, ein großes Lob, und ich konnte wohl nichts dagegen einwenden.

»Wir müssen sie demnächst mal einladen«, schlug ich vor, um ihm gefällig zu sein, »mit ihrem Mann, natürlich. Was macht er denn?«

»Ich hab nicht die leiseste Ahnung. Sie sind geschieden.«

»Oh. Hat sie ihn fortgejagt, oder hat er sie einfach sitzengelassen?«

»Die Einzelheiten der Geschichte sind mir nicht bekannt. Es gibt ja noch andere Gründe, weshalb eine Ehe in die Brüche geht«, sagte Alan mit gerunzelter Stirn und der ernsthaften Miene, die mir immer so gefallen hatte. »Ich denke, sie hat ziemlich viel durchgemacht.«

»Ja, vielleicht«, sagte ich, bemüht, sie in diesem Licht zu sehen. Dann war ihre ziemlich unangenehm aggressive Art womöglich nur die gute Miene zum bösen Spiel – hinter der sich Unsicherheit und Unglück verbargen.

»Welchen Rat hast du ihr denn zu der Fußnote gegeben?«

»Welche Fußnote?«

»Die, worin unveröffentlichtes Material zitiert wird, das sie eigentlich gar nicht gesehen haben dürfte.«

»Ach, *die.*« Alan lächelte auf eine Art und Weise, die ich nur rätselhaft nennen kann, aber ich erhielt keine Antwort mehr, denn in diesem Moment trat Coco an unseren Tisch und fragte, ob er sich setzen dürfe.

Alan war höflich, aber zurückhaltend. Wie die meisten seiner Kollegen mißtraute er Coco, besonders in akademischer Hinsicht. Was *tat* der Stipendiat der Karibischen Studien denn eigentlich, außer daß er mit den westindischen Fabrikarbeitern und Busfahrern in einem Pub der Stadt einen trinken ging? Sollte er nicht irgendeine Monographie, einen Bericht oder Aufsatz zu irgendeinem Aspekt seiner Arbeit veröffentlicht haben oder gerade veröffentlichen oder auch nur »zur Veröffentlichung vorbereiten« (diese vage, nützliche Formulierung)?

»*Das* war ein Vormittag!« Coco bemühte sich, den Eindruck äußerster Erschöpfung zu erwecken.

»Wie läuft es denn mit Ihrer Feldarbeit?« fragte Alan, ziemlich hinterhältig, fand ich.

»Ach, ganz gut. Ich hab durch einen meiner Informanten einen Fragebogen verteilt, den ich entworfen habe, und daran werden sie wohl für ein paar Wochen ihre Freude haben. Es sind fünfzig Fragen drauf.«

»Und dann werden Sie die Daten wohl zur Eingabe in den Computer vorbereiten«, meinte Alan.

»Ja ja – was man eben so tut.« Coco machte eine schwache Handbewegung. »All diese hübschen kleinen Mädchen in weißen Overalls.«

»Willst du nicht mit uns zu Mittag essen?« fragte ich ihn.

»Nein, liebe Caro. Uns haben irgendwelche Verwandten überfallen – väterlicherseits. Ziemlich schwarz. Ein schwerer Schock für Mutter, natürlich. Wir wußten ja fast nicht einmal, daß es sie gibt.«

»Auf den Inseln hat es wohl immer viele Mischehen gegeben – das ist ja auch nicht anders zu erwarten«, meinte Alan.

»Sicherlich, das gab es und es ist wirklich nicht anders zu erwarten – aber wenn sie dann vor der Tür stehen...«

»Arme Kitty«, murmelte ich. »Alle Verwandten sind allerdings lästig – das darf man nicht vergessen.«

Crispin Maynard kam zu uns an den Tisch und sagte etwas zu Alan. Ich konnte es nicht verstehen, aber Alan wirkte leicht verstimmt. Auf dem Heimweg fragte ich ihn, ob Crispin ihm etwas Ärgerliches berichtet habe.

»Ach, eigentlich nichts Wichtiges. Er hat mir mitgeteilt, daß in der nächsten Ausgabe von Rollo Gaunts Zeitschrift ein neuer Aufsatz von ihm erscheint.«

»Ich nehme an, er dachte, das würde dich interessieren.«

»Ach, Caro, mußt du denn immer alles so verharmlosen?« sagte Alan gereizt. »Du weißt doch genausogut wie ich, was der wahre Grund dafür ist.«

Ich fühlte mich geschlagen und gekränkt, und wir gingen schweigend weiter durch den modernen Gebäudekomplex, der aussah, als wäre er aus Bauklötzen gemacht, mit ein paar neugotischen Türmchen, die an den Ecken emporragten. Die grasbedeckten Wälle draußen waren feierlich bepflanzt mit spindeldürren Bäumen, die noch sehr jung aussahen. Einer davon war ein Maulbeerbaum, und der Gedanke, daß es keiner von uns mehr erleben würde, wie er knorrig und alt und ehrwürdig wurde, oder gar, daß man seine breiigen roten Früchte vom Gras aufsammeln konnte, machte mich traurig.

»Dieser Baum will wohl nicht so recht wachsen«, meinte Alan, und mir fiel ein, daß Crispin Maynard ihn gepflanzt hatte.

Wir überquerten einen kleinen Graben, der das Bibliotheksgebäude umgab, und ich sah eine tote Taube im seichten Wasser liegen. Noch ein Omen? fragte ich mich, machte Alan jedoch nicht aufmerksam darauf.

»Irgend jemand sollte diesen toten Vogel herausfischen«, sagte er, als wir an der Stelle vorbeigegangen waren.

»Ja, sonst verwest er noch. Das wird doch wohl auch jemand tun – ein Gärtner oder wer auch immer die Anlagen betreut.«

»Ich fand ja gleich, daß es ein Fehler war, hier einen Wassergraben anzulegen«, meinte Alan. »Der fordert ja geradezu dazu auf, etwas hineinzuwerfen.«

»Und irgendwer hat was auf die Statue gekritzelt«, fügte ich hinzu. »Die fordert auch dazu auf, bekritzelt zu werden.«

Alan runzelte die Stirn, als wir an einer modernen Plastik vorbeikamen – »Statue« war das falsche Wort –, die auf einem kleinen Hügel an einem Platz stand, der offenbar als dominant empfunden worden war. Die Skulptur glich – und sollte das wohl auch – der unteren Hälfte eines Torsos mit gespreizten Schenkeln. Jemand hatte daran mit roter Kreide etwas ergänzt.

»Wann *machen* die Leute das nur?« fragte Alan gequält.

»Mitten in der Nacht, wahrscheinlich.«

»Aber mitten in der Nacht ist doch niemand hier.«

»Dann war es vielleicht keiner von den Studenten.«

»Nein, jeder kann das gewesen sein.« Alan klang erleichtert, und wir kamen auf dem Parkplatz an und stiegen ins Auto.

Aus dem interkonfessionellen Versammlungshaus, das an den Parkplatz grenzte, waren Töne zu hören. Dieses Gebäude wurde von den verschiedenen religiösen Gemeinschaften der Universität genutzt. Es hatte dem Stadtrat wohl nicht behagt, gar nichts dergleichen vorzusehen.

»Ein Gottesdienst *um diese Zeit*?« sagte Alan, erneut beunruhigt.

»Irgendeine römisch-katholische Messe vielleicht – ein Fasttag womöglich«, schlug ich vor. »Oder auch ein paar von Cocos Westindern – der Gesang hört sich nicht sehr englisch an. Jedenfalls hat es nichts mit *uns* zu tun, Liebling.«

Als wir nach Hause kamen, spielte Kate allein im Flur. Sie hatte Bücher aus den Regalen genommen und daraus schwankende Stapel errichtet, die umstürzten, als die Tür zufiel.

»Eigentlich sollte sie ja Spielkameraden in ihrem Alter haben«, meinte Alan ganz sachlich. »Fändest du es gut, wenn sie mit Luke und Alice Horniblow spielen würde?«

»Und *sie*, wie würde sie das finden?« fragte ich, doch das war unmöglich zu beantworten.

Fünftes Kapitel

»Es ist doch einfach beängstigend und wunderbar, wie wir gemacht sind«, erklärte Dolly, als sie aufstand, um die Wildente zu zerlegen. »Ich mach das lieber ohne Brille, denn diese wunderbare Kreuzschraffur auf der Haut zu sehen, ist mehr, als ich ertragen kann. Sie müssen also entschuldigen, wenn die Stücke so grob geschnitten sind.«

»Wie eine Stickerei aus der Zeit Jakobs I., nicht wahr?« sagte Menna Cranton in ihrem schwungvollen walisischen Tonfall. Ich mußte an einen von Dollys Igeln denken, als sie keck ihr kleines Gesichtchen hob, so wie ich es bei den Igeln gesehen hatte, wenn Dolly ihnen Futter hinstellte.

»Ich glaube, aufgrund dieser Zeichnung nennt man sie Kanevasente«, erklärte ihr Mann schulmeisterlich, »und das paßt auch, wie man sieht.«

Dolly hatte ein Wildentenpaar von Dick Merrilees geschenkt bekommen, ein Mann, ungefähr in ihrem Alter, der als Antiquar in einer benachbarten Ortschaft lebte und außerdem – so hatte ich es mir zumindest immer vorgestellt – einer ihrer früheren Liebhaber war, die ihre Basare zugunsten des Tierschutzvereins mit so guten Kleidungsstücken versorgten. Zusammen mit Alan, mir, Dr. Cranton, dem Bibliothekar, und dessen Frau war er an diesem Abend eingeladen worden, um die Ente zu verzehren. Dolly hatte ab und zu Gäste zum Abendessen, aber sie bat nur selten Kitty und Coco dazu, denn sie wußte, daß ihr kleiner Laden, mit seinen Schaufenstern voll Trödel und dem Tisch mit den Büchern draußen und dem Schild: »Jedes Buch 5 p«, für sie ein sowohl peinlicher als auch schmerzlicher Anblick war.

»Die liebe alte Doll – sentimental und inkonsequent wie immer«, meinte Dick Merrilees. »Wäre es denn weniger traurig, Vögel mit *glatter* Haut zu essen?«

Dolly nahm keine Notiz davon und fuhr fort, die Ente zu zerlegen.

»Was hat sich doch der Allmächtige oder wer immer es war für Mühe gegeben«, sagte sie. »Bis ins kleinste Detail ist alles geplant! Und doch, tausend Jahre sind vor dir wie ein Tag...«

»Und du lässest sie dahinfahren wie einen Strom?« schlug Dr. Cranton vor, als sei ihm diese Formulierung zufällig in den Sinn gekommen.

»Ja, wenn man einen Blick zurück in seine Kindheit wirft«, fuhr Dolly fort. »Wie Kitty und ich hier als junge Mädchen gelebt haben, wie wir tanzen gegangen sind, in unseren hautfarbenen Kunstseidenstrümpfen. Kitty hat sie sich immer bügeln lassen, damit sie auch glänzten. Bis ins *kleinste* Detail, und jetzt trägt man Nylonstrumpfhosen, und uns gibt es bald sowieso nicht mehr.«

»Kitty würde es gar nicht gern hören, wenn du so etwas sagst«, wagte ich einzuwenden.

»Nein, bestimmt nicht! Wenn sie und Coco hier wären, würde ich auch nicht davon sprechen.«

Ich zweifelte eher daran, daß Dolly sich dergestalt zurückgehalten hätte, doch sicher hätten weder Coco noch Kitty Wert darauf gelegt, bei Tisch vom Tod oder vom Sinn des

Lebens zu reden. Uns alle überkam eine gedrückte Stimmung, die sich durch Alans Versuch, das Thema zu wechseln, indem er Crispin Maynards Pensionierung ansprach, kaum aufhellte.

»Ja, seine Zeit ist gekommen«, meinte Evan Cranton, nicht ohne Genugtuung in der Stimme. »Aber auch mir steht natürlich in zwei Jahren die Pensionierung bevor.«

»Und was wollen Sie dann tun?« erkundigte Dick Merrilees sich höflich.

Zwischen den beiden Männern war eine leichte Feindseligkeit zu spüren, die zweifellos von dem Gegensatz zwischen Buchhändler und Bibliothekar herrührte. Ich hatte nämlich den Verdacht, daß Evan Cranton an den Büchern selbst gar kein Interesse hatte und sein Bestes tat, die Besucher seiner Bibliothek davon abzuhalten, die Bücher aus den Regalen zu nehmen und sie zu lesen.

»Arbeiten!« bellte er. »Ja, dann werde ich mich endlich mal richtig an die Arbeit machen.«

Wir schwiegen verdutzt, doch erwartungsvoll.

»An meine Bibliographie«, sagte er unwirsch. »Meine Bibliographie.«

»Ja, natürlich«, sagte Alan und nickte offenbar verständnisvoll, während ich mir sicher war, daß er in der Frage, was es mit dieser Bibliographie eigentlich auf sich hatte, genauso im dunkeln tappte wie wir.

»Ja, es ist schön, wenn ein Mann ein Hobby hat«, sagte Menna. »Vor allem, wenn er im Ruhestand ist – sonst würde er einem nur den ganzen Tag im Weg rumstehen.«

»Oh, Menna ist ständig am Staubsaugen«, verspottete Dolly sie.

Es schockierte mich ein wenig, wie Menna von der Arbeit ihres Mannes sprach, besonders, da es sich um eine Bibliographie handelte, denn dafür hegte ich eine von Unwissen zeugende, abergläubische Ehrfurcht. Es sah so aus, als ob sie an der Arbeit ihres Mannes noch weniger teilnahm als ich.

»Crispin bekommt natürlich noch dieses Porträt geschenkt«, meinte Alan.

»Ach? Wessen Porträt denn?« erkundigte sich Dick.

»Sein eigenes«, erklärte Alan. »Wir vom Fachbereich werden es ihm schenken, aber ich glaube, es ist ein Brief in Umlauf, in dem auch andere um einen Beitrag gebeten werden, die meinen –«

»Daß sie nicht drum herumkommen, etwas zu geben«, unterbrach ihn Evan Cranton.

»Ach. Ich finde das nett«, sagte Menna. »Ein nettes Ölbild für den Salon. Margaret wird das zu schätzen wissen.«

»Wer soll es denn malen?« fragte Dolly.

»Jemand aus London, nehme ich an«, erwiderte Menna.

»Ein hiesiger Künstler würde dem wohl kaum gewachsen sein, meine Liebe«, sagte ihr Mann in vernichtendem Ton. »Ein Porträt ist doch ein bißchen mehr als ein hübsches Aquarell von den herbstlichen Hügeln.«

»Graham Sutherland oder Francis Bacon werden sie sich wohl kaum leisten können«, meinte ich, aber keiner schien das lustig zu finden.

Als wir mit dem Essen fertig waren, gingen wir in Dollys Wohnzimmer hinüber, wo sich jeder so gut wie möglich irgendwo niederließ, während sie Kaffee kochte. Es herrschte ein unbehagliches Schweigen im Raum, solange sie draußen war, denn um sich einigermaßen bequem hinzusetzen, mußte man allerlei Bücher und Gegenstände beiseite legen, und dafür war nirgends Platz. Daß dies überhaupt nötig war, schien schon eine Art Kritik an unserer Gastgeberin zu sein, und es war wohl nur Dick Merrilees und mir, die sie am besten kannten, nicht peinlich.

»Haben Sie dieses Stück über John Aubrey gesehen?« fragte Dick. »Bei diesem Bühnenbild mußte ich an Dollys Zimmer denken.«

Evan Cranton hielt etwas hoch, was nach einem vertrockneten Igel aussah. Er hatte ihn aus einer Ecke eines durchgesessenen Sofas hervorgezogen, auf dem er sich gerade niederlassen wollte.

»Was soll ich damit machen?« fragte er.

»I, wie eklig«, sagte Menna leise. »Ein altes Skelett.«

»Ja, ich hab es in einem Abfluß gefunden«, sagte Dolly im Hereinkommen und nahm es ihm aus der Hand. »Weiß der Himmel, wie lang es da schon gelegen hatte – hier, es ist ganz vertrocknet, gar kein Fleisch mehr dran. Was ist nur mit diesem armen Geschöpf passiert? Das sollten wir uns fragen.«

»Vielleicht ist er ja überfahren worden, und irgendwer hat ihn dir über die Mauer geworfen«, schlug Alan vor.

»Er könnte doch auch eines natürlichen Todes gestorben sein«, sagte ich schnell, denn ich spürte, daß Dolly traurig wurde. »Schließlich ist die Natur nicht immer so brutal.«

»Aber das Auto und der Mann am Steuer«, meinte Evan Cranton, und damit wandte das Gespräch sich von dem toten Tier ab. Dolly schob ein paar Bücher auf dem Tisch zur Seite und stellte das Tablett mit dem Kaffee darauf, dann öffnete sie einen Schrank und nahm eine Flasche Brandy heraus. Es war ein guter Brandy, und ich rätselte, ob sie ihn wohl von Dick Merrilees geschenkt bekommen habe, bis sie uns erklärte, sie habe ihn von der Rente dieser Woche gekauft.

Alan sah überrascht aus, ja ziemlich schockiert. Er hatte die üblichen Ansichten eines Soziologen über ältere Leute und das, wofür sie ihre Rente ausgeben würden oder sollten. Brandy gehörte offensichtlich nicht dazu. Es war typisch für Dolly, uns ausdrücklich mitzuteilen, daß sie die Rente einer Woche zum großen Teil für eine Flasche Brandy verschwendet hatte, die sie doch ebensogut von ihren Privateinnahmen oder von dem Gewinn aus ihrem Geschäft hätte kaufen können. Sie haßte es aber, wenn man sie zu den »Senioren« zählte, und bezog ihre Pension auf geradezu energische Weise, weil sie ein Recht darauf hatte – und um Kitty und Coco zu ärgern und zu schockieren. Kitty wurde natürlich nicht als Rentnerin eingestuft, und es war unmöglich, sie sich als solche vorzustellen.

»Erzählt das lieber nicht Schwester Dew«, scherzte Dolly. »Sie könnte das mißbilligen.«

»Nein, das lassen wir lieber«, sagte Menna ernst. »Sie ist

sehr streng zu diesen alten Leuten, wissen Sie. Ein alter Mann wollte immer so gern eine Tüte Kartoffelchips essen – hab ich gehört –, und sie hat es ihm einfach nicht erlaubt.«

»Vielleicht sind sie nicht gut für ihn«, meinte Alan umsichtig. »Womöglich hat sie einen Grund gehabt, sie ihm zu versagen.«

»Es war dieser alte Missionar – und er stirbt doch sowieso bald, was könnte da also eine Tüte Kartoffelchips schaden?«

»Sie meinen Mr. Stillingfleet?«

»Den Namen weiß ich nicht. Irgendein Missionar, der in Afrika war.«

»Das klingt ganz nach Mr. Stillingfleet«, sagte ich.

»Aber Kartoffelchips«, meinte Alan. »Das ist doch fast nicht möglich.«

»Bei alten Leuten ist alles möglich«, erwiderte Menna. »Mein alter Vater, etwa. Sie würden es nicht glauben –«

»Die Antwort darauf heißt Euthanasie«, sagte Evan Cranton und begann einen Plan zu umreißen, wie die alten und senilen, oder auch die alten und offenbar unnützen Menschen schmerzlos ins Jenseits befördert werden könnten, wozu dann regelmäßig Ladungen per Pauschalreise im Flugzeug vom Kontinent herüberkommen würden, so wie jetzt zur Abtreibung.

Auf dem Heimweg schlug Alan mir vor, doch Mr. Stillingfleet vielleicht das nächste Mal, wenn ich zu ihm zum Vorlesen ging, eine Packung Chips mitzubringen.

»Das könnte ich schon, aber es kommt mir doch etwas komisch vor, so was einem Sterbenden mitzubringen.«

»Ich wüßte nicht, warum. Schließlich könntest du ihm auch Früchte oder Blumen bringen – und wo ist da der Unterschied?«

Als ich das nächste Mal nach Normanhurst ging, kam Alan mit. Schwester Dew ließ uns beide in das Zimmer gehen und sagte zu uns, daß Mr. Stillingfleet ein bißchen geistesabwesend sei, aber gefragt habe, ob ich zum Vorlesen käme, und sie meinte, daß es nicht schaden könne.

Ich setzte mich ans Bett und stellte ihm Alan als meinen Mann und einen langjährigen Bewunderer seiner Arbeit vor. Der alte Mann lächelte und nickte mit dem Kopf, besonders als Alan sein Buch erwähnte und ihn – recht dreist, fand ich – fragte, ob es wohl möglich wäre, auf seine ursprünglichen Aufzeichnungen einen Blick zu werfen.

»Was wollen Sie denn damit?« fragte Mr. Stillingfleet, doch dann wurde er durch die Tüte Kartoffelchips abgelenkt, und es war nichts mehr aus ihm herauszubringen. Ich fing an, etwas vorzulesen, der alte Mann knabberte ein paar Chips, und dann schien er einzunicken.

Ich las weiter, Alan dagegen, der auf der anderen Seite am Bett gesessen hatte, stand leise auf, ging zu der Holzkiste hinüber und öffnete sie. Er wußte genau, was er suchte, und fand es offenbar schnell. Ich sah, wie er ein Bündel Manuskripte in seine Aktentasche gleiten ließ, dann schloß er lautlos die Truhe, schlich auf Zehenspitzen ans Bett zurück und setzte sich hin, als ob nichts geschehen wäre.

Nach einer Weile kam Schwester Dew herein. Sie schüttelte den Kopf, als sie die Kartoffelchips sah, und ich hörte mich eine schwache Entschuldigung murmeln, weil ich sie mitgebracht hatte.

»Ach, das macht ja nichts, meine Liebe«, sagte sie. »Aber ich hab es nun mal gern, wenn meine alten Leute ordentlich aussehen, und die Chips hängen ihm dann immer im Bart. Es war nett, daß Sie Ihren Mann mitgebracht haben. Jetzt müssen Sie aber beide zu mir ins Wohnzimmer kommen und eine Tasse Tee mit mir trinken.«

Alan folgte mir nur widerstrebend, aber ich fand, in einem Altersheim schwachen Tee zu trinken und süße Kekse zu essen sei ja wohl das mindeste, was er zum Ausgleich für das, was er gefunden hatte, leisten konnte.

Sechstes Kapitel

Als wir nach Hause kamen, schloß Alan sich in seinem Arbeitszimmer ein, und ich verbrachte den Abend, indem ich mit Inge zusammen fernsah. Am nächsten Tag berichtete er mir, daß er dank dem neuen Material aus Mr. Stillingfleets Manuskript jetzt seinen Aufsatz fertig habe. Es freute mich, daß ich ihm bei seiner Arbeit hatte behilflich sein können, wenn es auch nicht gerade die Art von Mitwirkung war, für die man im Vorwort oder in einer Fußnote eine Danksagung finden würde.

»Und wie geht es jetzt weiter?« fragte ich ihn.

»Ich schicke ihn an Rollo Gaunt und bitte ihn darum, ihn für eine Veröffentlichung in Betracht zu ziehen.«

Rollo Gaunt, der Herausgeber der führenden Zeitschrift auf Alans Fachgebiet, war Professor an einer unserer bedeutenderen Universitäten.

»Aber er nimmt ihn doch, oder? Das ist doch keine Frage?«

»Wahrscheinlich nicht. Aber das ist eben die übliche Formulierung.«

»Wie wirst du ihn denn anreden – ich meine, wie *nennst* du ihn? Lieber *Rollo*? Oder: lieber Professor Gaunt?«

Alan runzelte die Stirn und gab mir keine Antwort, offensichtlich ganz vertieft in die Feinheiten dieses Problems. »Sehr geehrter Herr« kam nicht in Frage, denn es war ja nicht so, daß er Rollo Gaunt nicht kannte. Ich wußte, daß Alan mehr als einmal bei einem Umtrunk, wie ihn Rollo nach einem Seminar zu veranstalten pflegte, am Rande mit dabei gewesen war, doch kannte er ihn wohl gut genug, um ihn mit der Kurzform »Rollo« anzureden? Anscheinend benutzte nie jemand seinen vollen Namen – Roland –, und die altmodische Form »Mein lieber Gaunt« paßte nur, wenn ein älterer und vielleicht bedeutenderer Gelehrter einem jüngeren schrieb – sicher nicht im umgekehrten Fall. »Lieber Professor Gaunt« war eine Möglichkeit, aber das könnte den Eindruck erwecken, Alan unterschätze sich selbst, sei unnötig bescheiden. Schließlich hatte Rollo Gaunt ja erst vor kurzem seinen Lehrstuhl erhalten. Es schien eine ziemlich heikle Angelegenheit zu sein.

Ich ging ans Fenster, um die Vorhänge zu schließen. Es war dunkel geworden, und hinter den Fenstern der Häuser unserer Kollegen sah man Licht, auch in Crispin Maynards Arbeitszimmer. Zweifellos rührte dieser eigentümlich gedämpfte und rosige Schein, der von Sicherheit und Geborgenheit zeugte, von den schweren weinroten Brokatvorhängen her. Es war fast erschütternd, sich Alans Gegner vorzustellen – denn jetzt, da der Aufsatz mit dem Angriff auf ihn fertig war, hatte ich das Gefühl, daß Crispin dazu geworden war –, wie er so behaglich und wohlbehütet dasaß, sicherlich an einem Sherry nippend und ohne die geringste Ahnung von dem, was ihm bevorstand. Nicht daß ich den Aufsatz gelesen hätte, doch ich war mir sicher, daß Alan ihn irgendwie »attackiert« oder zumindest seine Theorien in Frage gestellt hatte. Rasch, denn ich mochte nicht allzulange bei diesem Aspekt verweilen, zog ich unsere eigenen, weniger prachtvollen Vorhänge zu.

Noch schlimmer war mir am Tag darauf zumute, als Alan und ich mit Kate nach dem Besuch einer Pantomime in unserem Theater zur Teezeit das beste Restaurant der Stadt besuchten, denn dort saßen Crispin und Margaret an einem großen Tisch in der anderen Ecke, von Enkelkindern umringt. Der Anblick des gutaussehenden älteren Paares inmitten solch einer Brut, die die Aufmerksamkeit sämtlicher Kellnerinnen in Anspruch nahm, hatte etwas Rührendes und zugleich etwas Demonstratives an sich. Mit nur einem Kind kam ich mir dürftig und unzulänglich vor, und ich befürchtete, daß Alan genauso empfand. Kate wirkte im Gegensatz dazu besonders zimperlich und selbstbeherrscht und gab, mit dem Finger zeigend, selbstgefällig ihren Kommentar ab, als eines der Enkelkinder seinen Eisbecher umwarf.

»Ungezogen«, sagte sie in dem zwitschernden schwedischen Tonfall, den sie von Inge aufgeschnappt hatte. »Ungezogner kleiner Junge.«

In dem Moment kam Iris Horniblow mit Luke und Alice herein. Alan hatte den Vorschlag, daß Kate einmal mit ihnen spielen könnte, nicht wiederholt, und ich hoffte fast, sie würde nicht an unseren Tisch kommen. Zum Glück wurde ihre Aufmerksamkeit und die aller übrigen im Lokal durch das laute und offenbar unvermutete Geschrei abgelenkt, das von einem ihrer Kinder kam. Kate sah wieder aus, als sei sie sehr mit sich zufrieden, und warf mir einen Seitenblick zu, bei dem ich plötzlich an meine Mutter denken mußte.

Margaret Maynard kam herüber, um mit uns zu sprechen.

»Luke ist wohl ein schwieriger kleiner Junge«, meinte sie gelassen, »aber meistens wachsen sie da ja raus. Natürlich haben die Kinder aus einer zerrütteten Familie auch ganz besondere Schwierigkeiten.«

Ich war gemein genug, um mich zu freuen, die fachlich so brillante Iris Horniblow in Verlegenheit zu sehen, wie sie einem widerspenstigen Kind beikommen sollte. Schließlich war das Kind urplötzlich still. Crispin hatte irgend etwas unternommen, um es abzulenken.

»Er kann wunderbar mit Kindern umgehen«, sagte Margaret liebevoll. »Was ich euch eigentlich sagen wollte: Bitte seht ihn euch doch heut abend im Fernsehen an – er würde sich so darüber freuen.«

»Ach, das ist heute abend?« fragte Alan nebenbei. »Natürlich sehen wir uns das an, nicht wahr, Caro?«

»Was soll das heißen?« fragte ich ihn, als Margaret wieder fort war. »Du hast mir nie etwas davon gesagt und es die ganze Zeit gewußt.«

»Nun, ich hatte es einfach vergessen. Vor einiger Zeit hat er wohl einmal davon gesprochen, daß er nach London fahre, zu Ton- oder Filmaufnahmen oder was auch immer. Es ist einer dieser Vorträge im ITV, mit sehr später Sendezeit.«

Als wir wieder zu Hause waren, sah ich nach, wann Crispins Sendung kommen würde. Sie begann um 23.50 Uhr, also wirklich spät. Dennoch konnten wir uns beide nicht enthalten, sie uns anzusehen. So vertraut einem das Fernsehen auch ist – allzu viele seiner Bekannten sieht man nicht darin, und Crispin war ja für uns jetzt von besonderem Interesse.

Den ganzen Abend über wirkte Alan betont unbeteiligt, doch als der Zeitpunkt näherrückte, spürte ich, daß er ein wenig nervös und unruhig war und sich auf nichts mehr konzentrieren konnte. Ich hatte das Gefühl, daß er die Sendung lieber allein gesehen hätte, doch auch ich war fest entschlossen, mir Crispin anzuschauen, und hatte mir, um der Bequemlichkeit willen, schon mein Nachtzeug angezogen. Ich überlegte, ob ich ihm wohl vorschlagen sollte, eine Tasse Tee oder Ovomaltine zu trinken.

»Möchtest du etwas trinken, Liebling?« fragte ich ihn.

»O ja, einen Tee, wenn du ihn kochen magst«, antwortete Alan mit einem Blick auf seine Uhr. »Vielleicht sollten wir lieber einschalten, es ist gleich soweit.«

Er saß da und sah sich unberührt eine amerikanische Krimiserie an, von der laute Stimmen und Schüsse zu mir drangen, während ich in der Küche Tee aufbrühte. Ich war noch draußen, als die Sendung eröffnet wurde, und als ich zurückkam, fand ich mich dem Gesicht von Crispin Maynard gegenüber, das mich aus der Bildröhre ansah. Alan schaute aufmerksam zu und gab von Zeit zu Zeit einen Laut der Mißbilligung von sich, ich dagegen ertappte mich dabei, daß ich von Crispins Erscheinung gefangen und kaum mehr fähig war, meine Aufmerksamkeit auf das zu richten, was er sagte. Zunächst sah man ihn aus angemessener Entfernung, dann fuhr die Kamera dichter heran und zeigte das Gesicht in einer beängstigenden Nahaufnahme, so daß jedes Detail vergrößert erschien.

»Wie *voll* sein Haar aussieht!« rief ich. »Meinst du, er trägt ein Toupet?«

Alan machte eine gereizte Bewegung, um mich zum Schweigen zu bringen.

Crispin begann jetzt, mit seinen Armen herumzufuchteln, was sonst doch gar nicht seine Art war. Ich fragte mich, ob er damit wohl eine Anweisung des Regisseurs befolgte. Es sah ziemlich komisch aus und reizte mich zum Lachen. Doch bald wurde ich schläfrig, und das Ganze begann mich zu langweilen.

»Ziemlich gut«, meinte Alan unwillig, »auch wenn man nicht einverstanden ist mit dem, was er sagt.«

Der Abspann lief an, und ich sah zu meiner Überraschung, daß der Ausstatter Gary Carter war, der Freund meiner Schwester. Gary war also für die Ausstattung von Crispins Sendung verantwortlich gewesen, hatte sie »entworfen« – den schweren »archaischen« Tisch, mit der dunklen Karaffe und den Gläsern, die an die Casa Pupo erinnerten und mit was wohl gefüllt waren?

»Mit einem herbem Rotwein?« schlug ich vor, als ich Alan darauf aufmerksam machte.

»Wasser, wohl eher. Das nennt man also Ausstattung? Es scheint doch kaum der Rede wert zu sein.«

»Na ja, jedenfalls freut man sich doch, Garys Namen zu lesen, oder nicht? Ich darf nicht vergessen, Sue davon zu erzählen, wenn ich ihr schreibe.«

Mir schauderte bei dem Gedanken an Gary, ein dunkler, untersetzter junger Mann mit dichtem Haar, das tief in der Stirn ansetzte, und kurzem, dichtem Bart. Ich fragte mich, ob er wohl über und über mit Fell bedeckt war wie ein Tier. Das wäre dann, als ob man eine Katze ins Bett mitnähme, nur sehr viel weniger angenehm.

»Wie fandest du Crispins Vortrag denn?« fragte ich. »Das ist doch schließlich die Hauptsache. Darum sind wir ja aufgeblieben.«

Alan gähnte und verzog das Gesicht.

»Wir müssen uns ein paar nette Worte dazu einfallen lassen«, beharrte ich. »Er sah doch wenigstens prachtvoll aus.«

»*Das* kann ich ja wohl kaum sagen, Caro.«

Tags darauf erfuhren Alan und ich, daß Mr. Stillingfleet am Tag nach unserem Besuch gestorben war. Ich glaube, wir waren beide erleichtert, wenn wir es auch nicht sagten. Die Trauerfeier sollte im Krematorium stattfinden, und Schwester Dew rief an, um uns zu fragen, ob wir nicht hingehen wollten. Die Idee entsetzte uns beide – Alan besonders. Es war mir nicht in den Sinn gekommen, daß dem Tod natürlich irgendeine Art von Feier folgen mußte, die zu besuchen von einem erwartet werden könnte. Ich hatte mir wohl vorgestellt, daß Schwester Dew den Körper in den Anlagen von Normanhurst beiseite schaffen würde, und in der Tat klang ihre Stimme so, als wäre sie durchaus dazu fähig gewesen.

»Einäscherung, meine Liebe, ist doch so viel sauberer und ordentlicher, finden Sie nicht auch? Ich versuche immer, sie einäschern zu lassen, wenn es geht. Mit den Katholiken hat man es ja manchmal schwer – sie mögen es nicht. Ich hab mir sagen lassen, es sei verboten, wegen der Knochen und der Reliquien und so. Damit hätte es bei Reverend Stillingfleet natürlich keine Schwierigkeiten gegeben. Von der Hochkirche war er ja *weit* entfernt. Und Verwandte gibt es auch keine mehr, die Einspruch erheben könnten, jetzt, nachdem die Schwester gestorben ist.«

»Überhaupt keine Verwandten?« fragte ich.

»Nein, meine Liebe, darum hab ich mich ja gefragt, ob Sie und Ihr Mann ...«

»Ich verstehe. Geht denn Professor Maynard hin?«

»Nein, aber er hat einen reizenden Kranz geschickt, mit einem so liebenswürdigen Text.«

Ich hätte gern gewußt, wie er lautete, fand jedoch, daß ich wohl kaum danach fragen könne.

»Dann werden unter den Trauergästen also keine Hinterbliebenen sein?«

»Nein, nur unsere kleine Schar aus Normanhurst ist da, und hinterher kommen wir natürlich zum Tee hierher zurück.«

Bei ihr hörte sich das alles so gemütlich an, daß ich anfing zu überlegen, ob es nicht doch meine Pflicht sei hinzugehen. Alan machte mir ein Zeichen, und ich schloß daraus, daß er wollte, daß ich zusagte. Also willigte ich ein. Schwester Dew wirkte zufrieden, und ich nahm an, daß es für sie so etwas wie ein gesellschaftliches Ereignis war.

»Du solltest wohl einen Kranz bestellen«, meinte Alan, »und dir etwas Passendes für die Aufschrift einfallen lassen.«

»Eine liebenswürdige Botschaft«, murmelte ich. »Was mag Crispin wohl geschrieben haben?«

»In tiefem Mitgefühl?« war Alans nicht eben einfallsreiches Angebot. Und wem sollte das Mitgefühl denn gelten, wenn der alte Mann keine Verwandten mehr hatte? Ich wies Alan darauf hin.

»Nun, so etwas wird doch ungefähr erwartet. Auf Begräbnissen geht man den Dingen nicht allzusehr auf den Grund.«

»Vielleicht wäre irgendein Wort des Dankes angebracht – da wir das Manuskript ja bekommen haben.«

»Um Himmels willen, plauder das bloß nicht aus«, sagte Alan mit besorgtem Gesicht. »Das darf nie jemand erfahren.«

»Na ja, das wird ja auch keiner, wenn er keine Verwandten hat.«

Ich entschied mich schließlich für bronzene und weiße Chrysanthemen und einen konventionellen, aber passenden Text – »Von Caroline und Alan Grimstone, im Gedenken an Mr. Stillingfleet« –, denn zweifellos gedachten wir seiner. In der Eingangshalle von Normanhurst lagen nur noch zwei weitere Kränze, der eine von den Bewohnern des Heims und der andere von den Maynards. Ihrer war bei weitem der größte, und der Text auf der Karte war fast übertrieben und enthielt neben einigen Worten der Huldigung und des Dankes auch ein paar in einer fremden Sprache. Schwester Dew sagte mir, es sei Italienisch, aber für mich sah es eher nach Suaheli aus.

»Wir wußten ja nicht, daß jemand wie Professor Maynard so eine hohe Meinung von ihm hatte«, fügte sie hinzu. »Das ändert die Sache doch irgendwie.«

Mit zwei Wagen brachen wir zum Krematorium am Stadtrand auf. Es war gerade neu erbaut und diente auch einem großen Teil des Umlandes. Ich erinnerte mich, wie ich der Feuerbestattung meines Vaters beigewohnt hatte – wie mir der Hals schmerzte und ich mit den Tränen kämpfte. Vielleicht konnte man nie völlig gleichgültig zusehen, wie der Körper davonglitt, oder ungerührt der Ansprache und der seltsam künstlichen Musik lauschen. Schwester Dew legte mir die Hand auf den Arm, als ob sie mich trösten wolle, und zu meinem Entsetzen stellte ich fest, daß ich weinte. Sonst weinte niemand, und als die kurze Feier zu Ende war, scharten sich die alten Leute um mich, als sei ich eine Attraktion. Ich wollte sagen, daß ich eigentlich nicht um Mr. Stillingfleet weinte, sondern über die Traurigkeit des Lebens überhaupt und um sie alle, die so bald die Reise an diesen Ort antreten mußten. Ich wollte dieses liebenswürdige Getue und ihren Trost und ihre Zusicherungen nicht, daß es mir nach den bevorstehenden Tassen Tee wieder besser gehen würde. Als ich schließlich vor dem Tee, dem Gebäck und einer riesigen klebrigen Torte saß, wollte ich nur noch weg und lieber mit Alan streiten oder mit Kate spielen oder mit Coco Gin trinken.

»Na, kommen Sie, meine Liebe«, sagte Schwester Dew. »Sie dürfen sich doch nicht so aus der Fassung bringen lassen. Wenn Sie schon so viele wie ich auf ihrem letzten Weg begleitet hätten...«

»Das ist es nicht«, protestierte ich. »Mir kommen furchtbar leicht die Tränen – mich bringt alles mögliche zum Heulen«, fügte ich hinzu, bemüht, so gelangweilt wie möglich zu klingen.

»Oh, im Kino wein ich mich auch gern mal so richtig aus«, meinte Schwester Dew. »Oder früher mochte ich das jedenfalls. Was es jetzt nur für abscheuliche Sachen gibt, und dann noch im Fernsehen. So einen richtig schönen Film bekommt man ja heute nicht mehr zu sehen...«

»Und diese Schauspiele erst«, meinte eine empörte alte Frau. »So ein schmutziges Zeug.«

Aber sie sind ja auch nicht für dich bestimmt, reizte es mich zu sagen, du erbärmliches altes Geschöpf mit deinem grellen Lippenstift und dem Rouge auf deinem alten Gesicht. Gar nichts ist mehr für dich bestimmt.

»Ich finde fernsehen reine Zeitverschwendung«, sagte ich scheinheilig, wohl wissend, daß es ihre einzige Freude war.

»Aber haben Sie gestern abend Professor Maynard gesehen?« warf Schwester Dew ein. »Ein paar von uns sind extra aufgeblieben. Ach, er war einfach großartig!«

»Caro, du siehst ja furchtbar aus, als hättest du geweint oder so.«

Ich war aus Normanhurst geflüchtet und auf dem Weg nach Hause, als Coco mir über den Weg lief und mich unterhakte.

»Und was du anhast! Wenn ich dir das sagen darf: Du solltest nie Schwarz tragen, meine Liebe. Es kleidet dich überhaupt nicht.«

»Ich weiß. Ich war auf einer Beerdigung, und dieses alte Kostüm war alles, was ich hatte.«

»Warum pflegt man nur immer noch diesen albernen Brauch, bei Begräbnissen Schwarz zu tragen? Wenn ich sterbe, möchte ich, daß die Leute gut aussehen und ihre besten Kleider anziehen. Mutter steht Schwarz natürlich wunderbar, aber sie ist eben eine Ausnahme. Ihr jungen Frauen habt einfach keine Ahnung, wie ihr das Beste aus euch machen könnt.«

»Ich weiß, Darling, das hast du mir schon oft gesagt. Ich brauch etwas zu trinken.«

»Hast du denn bei der Trauerfeier nichts bekommen?«

»Nein, nur ziemlich viel Tee und Kuchen. Ach, Coco, es war schrecklich bei diesen armen alten Leuten. Ob wir wohl alle so werden?«

Coco antwortete nicht. Ich wußte, daß er es ebenso bedrückend fand wie Kitty, an das Alter und den Tod zu denken, und es hatte mich erstaunt, daß er sein eigenes Begräbnis überhaupt erwähnen konnte. Aber er sah es offenbar als einen eleganten festlichen Anlaß mit sich selbst im Mittelpunkt, und nicht so, daß sein Körper dann alt wäre und eine Leiche, die von den Würmern zerfressen wird.

Wir saßen in einem Pub in der Stadt und tranken Gin, genau wie ich es mir während der Beerdigung gewünscht hatte.

»Die ganze Sache hat mich furchtbar mitgenommen«, gab ich an. »Ich hab sogar geweint – es war schrecklich peinlich.«

»Wir beide gehören eben zu den feinfühligen und empfindlichen Menschen, Caro. Mir wäre es ganz genauso ergangen. Wie schade, daß wir nicht gemeinsam weinen und einander trösten konnten.«

»Wie geht es deiner Mutter?« erkundigte ich mich, im Gedanken daran, wie wunderbar Kitty in Schwarz aussah.

»Ach, jetzt ist sie deprimiert, auch wenn die Verwandten schon weg sind. Irgendwie hat ihr der Besuch wieder alles in Erinnerung gebracht – das Leben *dort*, weißt du.«

»Meinst du, ich darf auf dem Rückweg kurz bei ihr reinschaun? Ich bleib auch nur eine Minute.«

»Ja, das würde sie aufmuntern. Es freut sie immer, dich zu sehen, Caro.«

»Selbst in meinem furchtbaren alten schwarzen Kostüm?«

»Warum denn nicht? Sie wird dir sagen, wie du etwas daraus machen kannst. Vielleicht fehlt ja nur eine Kleinigkeit.«

Wir tranken noch einen Gin und traten dann auf die Straße hinaus. Die empfindlich kalte Abendluft war fast zuviel für mich, und ich merkte, daß ich ein bißchen betrunken war. Coco störte sich an so was nicht und faßte mich fest unter.

Als wir in die Wohnung kamen, rief Kitty mit wehleidiger Stimme: »Bist du das, Coco? Wo warst du?«

»Ich hab Caro mitgebracht.«

Er öffnete die Tür und schob mich in den Salon, der mir nach der Frische des Abends unmäßig warm vorkam. Kitty lag, in einen wattierten weißen Hausmantel gehüllt, eine Modezeitschrift ungeöffnet auf dem Schoß, auf einem Sofa am Fenster. Sie sah aus, als würde sie sich jetzt zum Abendessen umziehen wollen. Sie streckte mir die Hand entgegen und musterte mich von oben bis unten mit ihrem typischen kritischen Blick.

»Du siehst nicht gut aus, meine Liebe«, sagte sie, »und warum trägst du Schwarz?«

Ich erklärte ihr, daß ich auf einer Beerdigung gewesen sei. Das schien sie zu bedrücken, und ich hielt es für besser, das Thema zu wechseln.

»Geht ihr heute abend aus?« erkundigte ich mich.

»Nur zu Dolly«, erwiderte Coco schnell. »Man muß ja von Zeit zu Zeit.«

»Was ziehst du denn an?« fragte ich Kitty.

Sie sah mich an, aber mit leerem Blick. »Ach, das ist doch unwichtig«, sagte sie matt. »Weißt du, Caro, abends um diese Zeit kam immer der Butler und besprach mit mir das Abendessen. ›Trinken Sie heut abend roten Champagner, Madam?‹ fragte er zum Beispiel.«

»Nun, Mutter, du kannst jetzt ja Champagner trinken, wenn du willst«, meinte Coco gereizt.

»Ich weiß, mein Lieber, aber es ist doch nicht dasselbe.«

Natürlich war es das nicht. Hier gab es keinen ehrerbietigen Butler, dessen schwarze Hand in einem weißen Baumwollhandschuh steckte, der ihr Champagner einschenkte und bereit war, ihr jeden Wunsch zu erfüllen. Coco wäre dazu selbstverständlich auch bereit gewesen, doch das war, wie sie sagte, eben nicht dasselbe.

»Dolly sieht doch gar nicht, was man anhat«, sagte sie verdrießlich. »Und wenn, dann rügt sie mich, daß ich für Kleider zuviel Geld ausgäbe.«

»Ich muß zu meiner Familie zurück«, erklärte ich, in dem Gefühl, meine Zeit zu verschwenden. Und Alan wollte vielleicht hören, wie das Begräbnis gewesen war.

Coco kam mit mir hinunter, und wir standen noch ein wenig vor der Tür und sprachen miteinander.

»Mutter hat wieder mal eine ihrer Depressionen«, stellte er überflüssigerweise fest. »Manchmal vermißt sie das alles so sehr – die Dienstboten und das Wetter – ach, und den Garten natürlich.«

»Ja, euer Garten hier gibt ja nicht sehr viel her. Keine Bougainvillea, kein Bleikraut oder Poincianabaum und all diese Dinge, von denen du mir berichtet hast. Aber jetzt ist ja schon fast Frühling, und die Krokusse sind bereits da und die Schneeglöckchen und sogar der Eisenhut – bald kommen die Osterglocken, nicht wahr?«

»Ach ja? Caro, du klingst wie der Prospekt einer Samenhandlung. Du weißt doch, wie wenig ich die Natur als solche leiden kann.«

»Ich kann mir nicht vorstellen, daß deine Mutter tatsächlich im Garten *gearbeitet* hat.«

»Nein, aber sie hat gern darin gesessen oder einen Rundgang gemacht und den Pfauen zugesehen. Hab ich dir erzählt, wie ein Pfau einmal die ganze Nacht in einem der kleineren Treibhäuser eingesperrt war?« Er fröstelte. »Auf jeden Fall ist der englische Frühling sehr kalt.«

»Ja, aber es ist eine wunderschöne Zeit.«

»Caro, für solche Gefühle bist du noch zu jung – der Frühling ist für die bestimmt, die sonst nichts mehr zu hoffen haben.«

»Danke!« sagte ich indigniert. »Und jetzt muß ich nach Hause, um Kate ihr Abendbrot zu machen.«

Inge hatte schon damit angefangen, und Kate sah von ihrem Teller Fischstäbchen und Spaghettikringel mit skeptischem Blick zu mir auf. Offenbar konnte auch sie mein schwarzes Kostüm nicht leiden. Ich beschloß, mich umzuziehen, bevor Alan nach Hause kam. Jetzt, da es Frühling wurde und ich Kittys kritische Einschätzung noch frisch in Erinnerung hatte, war der richtige Zeitpunkt, mich selbst einmal eingehend zu prüfen. Ich stand in meinem schwarzen Unterkleid und der gemusterten dunklen Strumpfhose, die ich dem verstorbenen Mr. Stillingfleet zu Ehren angezogen hatte, vor meinem hohen Spiegel. Was war nur mit mir los? Warum schaffte ich es nie, so auszusehen, wie Kitty und Coco es zu erwarten schienen?

Bevor ich mehr tun konnte, als diese Frage aufzustellen, kam Alan mit einem Brief in der Hand herein.

»Das Kleid gefällt mir«, meinte er. »Ziehst du es heut abend an?«

»Das ist kein Kleid.« Er hatte mir den Brief gegeben, und ich öffnete ihn. Er war von Rollo Gaunt, dem Herausgeber der Zeitschrift, an die Alan sein Manuskript geschickt hatte. Ich warf einen Blick auf den Anfang und rief aus: »›Lieber Alan‹ – *das* klingt aber freundlich und herzlich!« Der Brief lautete: »Ich habe Ihren Aufsatz mit großem Interesse gelesen und würde ihn sehr gern herausbringen, sobald ich ihn einschieben kann. Sie sind sich natürlich darüber im klaren, daß man damit womöglich den Fuchs in den Hühnerstall schickt, und ich frage mich, ob es nicht vielleicht taktisch klug wäre, ihn Crispin M. zu zeigen, um ihm Gelegenheit zu geben, dazu Stellung zu nehmen und vielleicht im selben Zuge seine eigenen Ansichten beizufügen. Das würde verhindern, daß man den Kuchen in zu viele Stücke teilt, denn wie Sie natürlich wissen, haben wir im vergangenen Jahr schon zwei Aufsätze von ihm zu diesem Thema veröffentlicht. Wenn ich Sie richtig verstehe, haben Sie zu wertvollem neuen Material Zugang gehabt, das ihm anscheinend nicht zur Verfügung stand, und ich glaube, Sie wären ein schlechter Sportsmann, wenn Sie vorpreschten, ohne Crispin zumindest die Möglichkeit zu geben, an eine Entgegnung zu denken. Doch vielleicht haben Sie das schon getan?«

Der zweite Absatz bezog sich auf einige »kleine Änderungen im Wortlaut«, die vorzunehmen er an gewissen Stellen für nötig befunden hatte, an denen ihm die Bedeutung unklar erschienen war – er nahm an, daß Alan gegen diese Korrekturen nichts einzuwenden habe, die selbstverständlich den Inhalt des Aufsatzes in keiner Weise berühren würden.

Alan wartete auf meine Reaktion. Meine erste war unangemessen, und ich unterdrückte sie. Ich fand, daß die Füchse und Hühner, zu viele Kuchenstücke und der Sportsmann dem Brief eine gewisse Komik verliehen, doch das waren unbedeutende Einzelheiten.

»Wie schön, daß er ihn herausbringen will – er schreibt, er hätte ihn ›mit *besonderem* Interesse‹ gelesen«, sagte ich, wieder auf den Brief blickend. »An ›Änderungen im Wortlaut‹ sollte er allerdings lieber nicht denken – denn du schreibst viel besser als er, wenn man nach diesem Brief gehen kann. Aber jedenfalls veröffentlicht er ihn, und das ist schließlich das wichtigste.«

»Nicht ganz das wichtigste, Caro.« Alan stand da und lächelte. »Fällt dir denn sonst nichts auf?«

»Nun, du wirst ihn wohl nicht gerade Crispin Maynard zeigen wollen, oder?«

»Eben das verlangt manchmal die Höflichkeit.«

»Ach ja? Dann wirst du es also tun?«

»Ich hab es tatsächlich versucht. Und was, meinst du, hat Crispin gesagt?«

»Liebling, wie könnte *ich* das wissen? Daß er zu beschäftigt sei oder so?« wagte ich einen Versuch.

»Genau – zu *beschäftigt*. Kannst du dir das vorstellen?«

»Vielleicht hat er ja gar nicht gemerkt, daß es ein Aufsatz zu seinem Thema ist, oder vielleicht interessiert es ihn nicht mehr – oder vielleicht ist er ja wirklich zu beschäftigt, so kurz vor seiner Pensionierung.«

»Auf jeden Fall schien er sich nicht dafür zu interessieren – er meinte, er würde lieber bis zur Veröffentlichung warten, da er sich nicht vorstellen könne, wie ich zu irgendwelchem neuen Material Zugang bekommen haben sollte. Anscheinend hat er letztes Jahr versucht, sich Stillingfleets Unterlagen zu beschaffen.«

»Ja, Schwester Dew hat mir erzählt, daß er hinter ihnen her gewesen sei – na ja, so hat sie es vielleicht nicht gesagt, aber irgendwie war das mein Eindruck. Was hast du denn eigentlich mit dem Manuskript *gemacht*?«

»Es liegt noch bei mir im Schreibtisch. Du könntest es ja irgendwann einmal zu Schwester Dew mitnehmen.«

»Sie würde vielleicht mißtrauisch werden, vor allem, weil sie weiß, daß er die Unterlagen in der Kiste niemandem zeigen wollte.«

»Ach, was soll's, sorgen wir uns jetzt nicht darum. Was gibt es denn zum Abendessen?«

»Abendessen ist wohl ein bißchen hochgegriffen«, erwiderte ich. Im Geiste sah ich ein Trocken-Curry oder Risotto aus der Tüte vor mir, mit dem die jungen Ehefrauen in der Fernsehwerbung kurzfristig ihre Männer überraschten und in Begeisterung versetzten. Würde Alan, im ersten Augenblick des Triumphes, zu dem die Annahme seines Aufsatzes Anlaß zu geben schien, wohl auch so überrascht und begeistert sein?

Achtes Kapitel

Der Frühling kam, Coco zum Trotz, und mit ihm kamen wärmere Tage, an denen man Kate im Garten lassen konnte, wo sie ihren eigenen rätselhaften Beschäftigungen nachging, die sich um Matsch und Sand und Wasser drehten. »Dreckig«, sagte Inge, und Kate imitierte ihren mißbilligenden skandinavischen Tonfall.

Eines Morgens erklärte Alan mir beim Frühstück, daß er es nett fände, wenn ich Luke und Alice Horniblow einmal nachmittags einladen würde.

»Ja, warum nicht«, willigte ich widerstrebend ein. Kate war gelegentlich bei den Enkelkindern der Maynards zum Spielen, und sie kamen auch manchmal zu ihr, doch ich hatte eine gewisse Abneigung gegen Iris Horniblows Kinder entwickelt, oder vielmehr gegen sie selbst, und muß wohl einen deutlichen Mangel an Begeisterung gezeigt haben, als Alan fortfuhr.

»Sie haben nämlich keinen eigenen Garten«, sagte er vorwurfsvoll. »Du weißt doch, Iris' Wohnung liegt im zweiten Stock.«

Ja, das wußte ich. Wir waren kürzlich zu einem Glas Wein und Käse bei ihr gewesen, und ich hatte ein schlechtes Gewissen, daß ich ihre Gastfreundschaft noch nicht erwidert hatte. Ich erinnerte mich noch an das Gespräch, das ein wenig zu hoch für mich gewesen war, an die kultivierte Einrichtung mit den modernen »Objekten« und die (für mich) unlesbaren Bücher und an Iris' Schlafzimmer mit dem außerordentlich breiten Doppelbett, auf das ich meinen Mantel legen sollte.

»Meinst du, Kate würde sich mit ihnen vertragen?« fragte ich zweifelnd.

»Das ist doch wohl kaum die Frage, oder?« erwiderte Alan in einem geduldigen Ton, den ich nur zu gut kannte. »Kate sollte auf keinen Fall denken, es drehe sich immer alles nur um sie – je eher sie lernt, daß es auf der Welt noch andere Kinder gibt, desto besser, würde ich meinen.«

»O ja, zweifellos«, pflichtete ich ihm bei. »Aber sie spielt doch mit Emma und Sebastian Maynard – es ist wirklich nicht so, daß sie nie jemand anderen zu sehen bekommt.« Ich wollte gerade sagen, daß ich die kleinen Horniblows bestimmt einmal einladen würde, als Alan meinte: »Iris würde sich sehr freuen, glaube ich.«

»Oh, wenn es *Iris* zuliebe ist, dann *muß* ich wohl!« platzte ich wie ein dummes Schulmädchen heraus.

»Also *wirklich*, Caro, was ist los mit dir?«

»Ach, nichts«, sagte ich, den Tränen nahe. »Wahrscheinlich langweile ich mich und bin frustriert, und nie passiert hier was Interessantes.«

Alan erhob sich mit ziemlich gequältem Gesicht vom Tisch.

»Du weißt ja, daß ich nichts gegen eine Teilzeitstelle für dich hätte«, meinte er. »Vielleicht ist das die Lösung.«

»Ja, in der Bibliothek, um da von zehn bis eins mit den Karteikarten zu spielen«, gab ich spöttisch zurück. »Ich kann es mir genau vorstellen. Und Iris Horniblow als meine Gönnerin.«

Zuletzt beruhigte ich mich natürlich und rief Iris an. Sie fragte, ob Luke und Alice am nächsten Nachmittag kommen könnten. Das war gerade Inges freier Tag, doch da ich mich ganz als Märtyrerin fühlte, sagte ich: Ja, selbstverständlich, das wäre schön. Iris brachte sie mit dem Auto vorbei und versprach, sie zwischen halb sechs und sechs wieder abzuholen, wenn ich damit einverstanden sei. Sie hatte an dem

Nachmittag ein Seminar – sie nahm an, Alan müsse mir ausgiebig von dem berühmten Mittwochsseminar berichtet haben. Ihr Gesicht drückte Erleichterung aus, als sie mich verließ, Erleichterung vermutlich, weil sie die Kinder abgeladen hatte, vermischt mit der erwartungsfreudigen Erregung bei der Aussicht, Alan dort zu treffen.

Das Wetter war schön genug, um die Kinder in den Garten zu schicken, was ich auch ganz energisch tat, wobei es ihnen überlassen blieb, so gut wie möglich miteinander auszukommen.

»Das ist schließlich eine gute Übung fürs Leben«, meinte ich zu Dolly, die auf einen kurzen Besuch vorbeigekommen war.

»Oh, durchaus«, stimmte sie mir zu, doch nicht, weil es sie interessiert hätte, denn Kinder langweilten sie und waren zu ihrer Jugendzeit auch von den Eltern getrennt und von Kindermädchen gehütet worden. Sie war gekommen, um ein wenig zu plaudern und sich Trödel für einen ihrer Basare zu holen. Wir kamen auf Normanhurst zu sprechen, und ich beschrieb ihr Mr. Stillingfleets Beerdigung, wobei ich ziemlich übertrieb, wie man es bei einem wirklich verstörenden Erlebnis manchmal tut.

»Und dieses viele Essen hinterher«, sagte ich. »Es war grauenvoll. Wie *konnten* sie nur?«

»Ach, Caro, sie waren eben durcheinander, und vielleicht hatten sie sogar Hunger. Du darfst nicht vergessen, daß diese alten Leute nicht mehr viel haben vom Leben – bestimmt nicht soviel wie du.«

»Du bleibst also zum Tee?«

»Was gibt es denn?«

»Heiße Würstchen, die kleinen, Chips, Twiglets und Schokoladenkuchen – aber wir können auch was anderes essen, wenn du willst.«

Als ich hinausging, um die drei Kinder zu holen, kamen sie folgsam mit herein, dann saßen sie am Tisch, ohne ein Wort zu sprechen. Ihr Schweigen hatte etwas Zermürbendes, und ich war froh, daß Dolly da war.

»Habt ihr schön gespielt?« fragte ich kleinlaut. Alice Horniblow lächelte höflich und verschwiegen. Kate wandte den Kopf ab und vermied es, mir in die Augen zu sehen. Ich machte mich bereit, das langsame, manschende Essen der drei zu überwachen. Dolly hatte ihre Tasse Tee genommen und stand am Fenster und sah hinaus, als ob sie den Anblick der Kinder nicht ertragen könne.

»Osterglocken«, bemerkte sie. »Das sind doch die Blumen schlechthin, oder?... erscheinen, eh' es Schwalbe wagt, und erfüllen das Herz jenes anderen Dichters mit Freude. Ich kann sie ganz ungerührt betrachten. Aber die Kamelie – das ist etwas anderes.«

»Ja – unsere blüht dieses Jahr zum ersten Mal. Meine Mutter hat sie uns geschenkt und eigenhändig eingepflanzt.«

»Die klare leuchtende Farbe und die glatten dunklen Blätter – und sie duftet natürlich nicht. Kompromißlos – ob es das ist?«

»Ich weiß es nicht«, antwortete ich abwesend, denn Luke Horniblow sah aus, als ob er gleich heulen würde. In dem Moment als er ein gedehntes, verzweifeltes Wimmern von sich gab, stellte Dolly ihre Tasse ab und erklärte, sie müsse gehen.

»Der Trödelkram liegt im Flur«, sagte ich, »in einer Papiertüte unter dem Tisch.«

»Danke – du brauchst mich nicht hinausbegleiten.«

»Wenn es dir nichts ausmacht...« setzte ich an.

»Natürlich nicht – ich sehe ja, daß du genug zu tun hast.«

In den nächsten zehn Minuten versuchte ich, aus Luke herauszubekommen, was los war, aber ohne Erfolg, bis Alice in einem klaren, gelangweilten, meine Einfältigkeit unterstreichenden Ton erklärte, daß Kate Luke draußen im Garten geschlagen hatte und daß er deshalb weine.

Ich überlegte, was ich Iris wohl sagen sollte, die jeden Augenblick hiersein konnte, um die beiden abzuholen. Als sie kam, hatte Luke zum Glück aufgehört zu weinen und war ganz in ein Stück Schokoladenkuchen vertieft.

»Ich befürchte, Kate hat Luke geschlagen«, gestand ich ihr.

»Und zwar, als sie im Garten waren. Ich habe nicht genau gesehen, was passiert ist.«

»Ach, das tut ihm nur gut«, sagte Iris munter, doch ich merkte, daß sie nicht ganz bei der Sache war. Sie hatte sich in einen Sessel fallen lassen und seufzte so, wie man es tut, wenn man etwas zu trinken braucht.

Ich gab ihr einen Whisky, was anscheinend das war, was sie immer trank. Da saßen wir also, ziemlich verlegen zunächst, und tranken einen Scotch auf eine äußerst ungewöhnliche Weise.

»Ich nehme an, Sie gehen sonst nach dem Seminar noch etwas trinken«, sagte ich.

»Die Männer, ja – die Frauen müssen meistens sofort los, um sich um die Kinder oder um das Essen für den Mann oder was auch immer zu kümmern. In solchen Fällen beneidet man die, die keine Bindungen haben.«

»Sie wären wohl überrascht, das zu hören«, bemerkte ich, dabei an meine Schwester denkend, die über den Zustand ihrer Ehelosigkeit zuweilen so verbittert war, wie es sich eine emanzipierte Frau gerade noch erlauben konnte. Offensichtlich zählte der TV-Ausstatter nicht.

»Erzählen Sie mir doch etwas über Coco Jeffreys«, meinte Iris. »Sie beide sind doch wohl *dicke* Freunde.«

»Ja, wir sind Freunde«, fing ich an.

»Aber kein Liebespaar, denke ich. Nein, das nicht, das sieht man! Was *ist* Coco eigentlich? – Ich meine, in sexueller Hinsicht.«

»Ach, gar nichts, im Grunde«, sagte ich, peinlich berührt.

»Aber *irgend* etwas muß er doch sein.« Iris' Stimme klang jetzt gereizt – gereizt und ungeduldig, weil ich so dumm und unwissend war.

»Sie meinen hetero- oder homosexuell?«

»Natürlich mein ich das«, gab sie spöttisch zurück. »*Sie* müssen es doch eigentlich wissen.«

»Wir haben nie darüber gesprochen. Und wenn auch, sind die Menschen denn so einfach zu kategorisieren? Es gibt Menschen, die lieben nur sich selbst.«

Iris runzelte die Stirn und blickte dabei in ihr leeres Glas. Ich merkte, daß sie meine Unbestimmtheit quälte. Genauigkeit war ihr ebenso wichtig wie meiner Schwester, die, als Sozialarbeiterin, die Menschen gern fix und fertig, schön klassifiziert und in ihren Schubfächern hatte.

»Auf jeden Fall«, fuhr Iris fort, »bin ich überzeugt, daß Sie, wie man so sagt, wirklich nur gute Freunde sind. Warum sollten Sie auch mehr verlangen, wo Sie mit so einem tollen Typen verheiratet sind?«

»Sie meinen Alan?« Ich war tatsächlich noch einfältiger als sonst. Aber ich war ganz einfach perplex, daß jemand Alan einen »tollen Typen« nannte – und peinlich war es mir auch, denn das war ein Ausdruck, den ich selbst nicht benutzte und den auszusprechen ich nicht über mich gebracht hätte.

»*Ich* finde das jedenfalls«, sagte Iris.

»Und ich bin sicher, daß er Sie auch bewundert«, erwiderte ich höflich. »Das heißt, ich weiß, daß er es tut.«

»Wirklich? Was hat er über mich gesagt?«

Der Alkohol zu dieser ungewöhnlich frühen Tageszeit hatte mich schon mehr sagen lassen, als ich sollte. Ich wußte noch, daß Alan sie eine »fähige« Frau genannt hatte, was aber offensichtlich nicht war, was sie hören wollte.

»Sagen Sie's mir nicht!« erklärte sie und leerte ihr zweites Glas. »Ach je, für die Erkenntnis, daß Alkohol auf Frauen erotisierend wirkt, braucht man wohl keine Meinungsumfrage, oder?«

Ich schrak vor der Vertraulichkeit einer Zustimmung oder eines Einwandes zurück. Es war ziemlich sinnlos, fand ich, daß sie sich *hier* und zu so früher Stunde, während die Kinder lärmend um Beachtung kämpften, erotisiert fühlte.

»Ich wünsche Ihnen, daß Sie niemals in meine Lage kommen, Caroline.«

Ich nahm an, daß sie ohne Ehemann oder ohne jede Bindung meinte.

»Es muß...« begann ich, in dem Gefühl, etwas sagen zu müssen.

»Ganz so schlimm ist es nun auch wieder nicht«, lachte sie. »Schließlich gibt es hier ja auch ein paar Leute.«

Ein paar Leute, doch wer könnte das sein? Im Geiste ging ich alle durch, die mir einfallen wollten. Ich nahm mir die Kantine zur Mittagszeit vor und sah sie dort alle trinken und fachsimpeln oder sich vom Selbstbedienungsbüfett einen schnellen Imbiß holen. In Gedanken zog ich sie aus und legte sie zu Iris in ihr breites Bett. Doch vielleicht gehörte er, oder gehörten sie ja gar nicht zur Professorenschaft der Universität – es konnten ja auch Studenten oder hiesige Einwohner sein.

Iris lächelte auf dieselbe höfliche und verschwiegene Art wie vorhin Alice.

»Schauen Sie doch nicht so besorgt drein, Caro – ich darf Sie doch so nennen, nachdem es anscheinend jeder tut –, und vielen Dank für den wunderbaren Drink. Und dafür, daß Sie meine zwei kleinen Scheusale bewirtet haben.«

Ich war froh, daß sie schnell aufbrach, bevor ich Zeit hatte, die Einladung für einen anderen Tag zu wiederholen. Sie war kaum zur Tür hinaus, als Kate auch schon, mehr feststellend als fragend, meinte: »Luke und Alice kommen doch nicht noch mal, oder?«

Als Alan kam, glaubte ich ihm sagen zu müssen, daß der Nachmittag nicht gerade ein Erfolg gewesen sei.

»Soso, du klingst ja ganz, als ob du stolz drauf wärest. Ich hoffe, du hast Iris etwas zu trinken gegeben, als sie die beiden abgeholt hat. Sie hat es sicher nötig gehabt, nach dem Seminar.«

»Sie hat zwei große Gläser Whisky bekommen. Wir haben uns nett unterhalten.«

Er sah mich mißtrauisch an und meinte dann: »Sie hat dir ihre Neuigkeiten wohl erzählt?«

»Neuigkeiten?«

»Man hat sie ausgewählt, in diesem Jahr den Dabbs-Gedenkvortrag zu halten – hat sie dir nichts davon gesagt?«

»Nein.«

»Wie bescheiden von ihr.« Aha, dachte ich, auch die Bescheidenheit war also zu ihren Tugenden zu zählen.

Alans Freude darüber, daß Rollo Gaunt seinen Aufsatz angenommen hatte, hielt mehrere Tage lang an. Es war keineswegs die erste Arbeit von ihm, die veröffentlicht wurde, aber die erste in ebendieser Zeitschrift, die allgemein als die bedeutendste in seinem Fach galt, wenn er auch schon Bücher für sie rezensiert hatte. Die Tatsache, daß er »unveröffentlichtes Material herangezogen hatte«, das einzusehen Crispin Maynard nicht gelungen war, war nun von geringerer Bedeutung als das, was er als die Durchsetzung seines eigenen Standpunkts in diesem besonderen Teilbereich seines Fachs ansah. Mit dem Erscheinen von Alans Aufsatz würde der Beweis erbracht sein, daß Crispins Theorie schlicht und einfach falsch war oder auf einem Irrtum beruhte; das Manuskript von Mr. Stillingfleet ließ daran nicht den geringsten Zweifel. Zum Glück war ich zu dem alten Mann nett gewesen, und er hatte mir erlaubt – beziehungsweise meinem Mann, was ja das gleiche war –, sein Manuskript zu wissenschaftlichen Zwecken zu verwenden. Ich war mir sicher, daß Alan jetzt so darüber dachte. Er fand, glaube ich, wirklich, daß ich nun die Verantwortung trüge. Das Manuskript lag bei mir – er wollte nicht einmal wissen, was ich damit gemacht hatte.

Nach Ostern besuchte meine Schwester uns übers Wochenende. Das Wetter war schön, und am Sonntag morgen machten wir einen Spaziergang im Wald. Alan hatte die Einladung mitzukommen abgelehnt; er mochte Susan nicht besonders, auch wenn er gern mit ihr über die Probleme stritt, auf die sie bei ihrer Sozialarbeit stieß.

Der Wald lag am Fuß einer Hügelkette, der die Stadt ihre Berühmtheit verdankte, und am Wochenende gingen die Leute dort häufig spazieren: die wissenschaftlichen Mitarbeiter der Universität, die sich eher bewußt Bewegung verschafften und von denen viele sogar die Hügel selbst bestiegen, Studenten, die sich gern mit ihren Freundinnen im Gebüsch verbargen, und Städter, die auf den vom Bezirksrat gestifteten grünen Holzbänken saßen.

Susan und ich gingen gemächlich im Gespräch dahin – doch sie war mir dank ihrer längeren Beine immer ein Stückchen voraus, und ich wäre gern langsamer gegangen, um den milden, warmen Sonnenschein auf dem Gesicht zu genießen und dem überschwenglichen Singen der Vögel zu lauschen. Vielleicht wäre ich sogar lieber schweigend weitergegangen, aber ihre klare laute Stimme, die es gewohnt war, Problemfamilien zu befragen, verbreitete sich über Empfängnisverhütung und erbat sich meine Meinung zu anderen intimen Frauenfragen. An einer Biegung des Weges trafen wir Crispin Maynard in Begleitung zweier Enkelkinder und eines großen, tollenden Hundes, der meinem bisherigen Bild von ihm noch mehr Würde verlieh. Mr. Stillingfleets Manuskript fiel mir ein, und ich begann zu wünschen, daß Alan seinen Aufsatz nicht geschrieben hätte. Ich stellte ihm Susan vor, und er meinte, wir sähen ganz wie Schwestern aus, nur daß Susan »die große Ausgabe von unserer lieben Caro« sei. Ich fragte mich, ob sie sich über dieses eher zweifelhafte Kompliment wohl ärgern würde, aber sie schien es gar nicht zu bemerken und fuhr in ihrer Rede fort, sobald wir uns wieder entfernt hatten.

Wir kamen zu einem Platz, an dem Himmelsweizen stand, wie durch ein Wunder unberührt, Blumen, die ich noch aus meiner Kindheit kannte.

»Oh, schau mal, Himmelsweizen«, sagte ich. Aber Susan warf nicht mal einen Blick auf die Stelle, die ich ihr zeigte, und ließ sich weiter über einige der gräßlicheren Seiten ihrer Arbeit aus, von der sie offenbar durch keine falsche Sehnsucht nach der Vergangenheit abzulenken war. Ich hatte den Eindruck, daß sie sich von dem sonnigen Wetter und der milden Luft des Frühlingsmorgens absichtlich nicht locken ließ.

Wir setzten uns auf eine der gemeindeeignen Bänke. Susan zog eine Schachtel Zigaretten heraus und bot mir eine von den King-size mit Filter an, die sie zu rauchen pflegte. Während wir dort saßen und rauchten, sah ich, daß, was ich für ein Veilchen gehalten hatte, in Wahrheit ein purpurner Fetzen Schokoladenpapier war und eine unbekannte Blume bloß ein zerknülltes rosa Papiertaschentuch.

»Ich hatte eine Abtreibung im letzten Monat«, erklärte Susan mit klarer Stimme.

»O Gott!« war alles, was mir einfiel. »Wo denn?«

»In Kilburn – in einer Privatklinik.« Sie sprach, ohne zu stocken, und ihre Stimme senkte sich nicht, als sie mir den Vorfall beschrieb. Ich meinte den sanften irischen Klang der Stimmen der Krankenschwestern zu hören und hoffte, daß sie freundlich zu ihr gewesen waren. Doch vielleicht brauchte Susan gar keine Freundlichkeit.

»Was würde Mutter wohl dazu sagen?« entfuhr es mir. »Ich nehme an, du hast ihr nichts davon gesagt?«

»Nun, wohl kaum.«

»Hättest du das Kind denn nicht bekommen können?«

»Ich habe es in Erwägung gezogen, aber ich konnte mir mich nicht als tapfere unverheiratete Mama vorstellen. Man sollte kein Kind in die Welt setzen, nur weil man einen Moment lang nicht aufgepaßt hat«, sagte sie streng.

Ich war gespannt, ob sie mir erzählen würde, wer der Vater sei. Womöglich war es nicht Gary, der starkbehaarte TV-Ausstatter.

In diesem Moment kamen der Bibliothekar und seine Frau vorbei, und lächerlicherweise hatte ich ein schlechtes Gewissen und hoffte, daß sie von unserem Gespräch nichts mitbekommen hatten.

»Ein wunderschöner Morgen, nicht wahr?« meinte Menna Cranton.

»Ja, wirklich«, erwiderte ich, und trotz allem war es auch so. Evan Cranton zog den Hut, sagte jedoch nichts. Ich war froh, daß wir nicht mit ihnen plaudern mußten.

»Ich glaube, wir sollten uns auf den Heimweg machen«, sagte ich. »Ich muß den Yorkshire-Pudding in den Ofen schieben, wenn Alan nicht doch daran gedacht hat.«

»Ist Alan dir treu?« fragte Susan mich, als wir aufs Haus zugingen.

»Ich glaube schon«, sagte ich, wobei mir das Gesicht von Iris Horniblow einfiel.

»Na ja, wenn du so unsicher klingst, wird er's wohl nicht

sein.« Susan lachte auf. »Und wie steht es mit dir? Oder gibt es hier niemanden?«

»Nein, eigentlich nicht – und wenn, wäre es auch ziemlich schwierig. Es müßte einen schon die Leidenschaft hinreißen, wenn man die Hindernisse überwinden wollte. Außerdem scheinen die Männer keine Zeit für so was zu haben, und ich glaube nicht, daß es Alan da anders geht. Sie haben doch immer etwas zu tun, wie Rezensionen oder Aufsätze schreiben oder Vorlesungen halten und Seminare besuchen.«

»Kommt es nicht manchmal vor, daß die Leute gemeinsam einen Aufsatz schreiben, auch mal ein Mann und eine Frau?« fragte Susan.

»Ja, das gibt es.« An eine solche Situation hatte ich noch nicht gedacht.

Als wir ankamen, erschien Alan mit einem Buch in der Hand an der Tür.

»Ich habe Inge den Auftrag gegeben«, sagte er und zeigte damit, daß er in Gedanken beim Yorkshire-Pudding gewesen war, obwohl er doch an einer Rezension geschrieben hatte. Ich fragte mich, ob sie, wenn sie fertig war, wohl eine Spur dieser Ablenkung zeigen würde.

Beim Mittagessen tat Alan uns kund, daß er für diesen Abend eine recht erstaunliche Einladung für uns habe. Crispin und Margaret Maynard hielten nämlich eine Versammlung ab, auf der diskutiert werden sollte, ob es möglich oder wünschenswert sei, bei den Behörden (»den maßgeblichen Stellen« war anscheinend Crispins Formulierung) gegen gewisse Veränderungen Protest zu erheben, die das Dritte Programm im Rundfunk berührten. Das war zumindest der Kern der Sache. Alan hatte ein wenig Mühe, eine zusammenhängende Erklärung abzugeben, weil Kate, die ihr Glas Orangensaft umstieß, ihn ablenkte.

»Aber es wird doch wohl reichen, wenn du hingehst, oder?« fragte ich. »Oder Susan und du«, fügte ich mit dem Gedanken hinzu, daß es für sie eine nette Abwechslung wäre, während ich eine meiner Lieblingssendungen im Fernsehen anschauen könnte.

»Ich glaube, wir sollten alle drei hingehen«, meinte Alan ernst. »Es ist schließlich wichtig, daß man seine Meinung äußert.«

»Seine Meinung? Aber du hörst doch nie Radio«, stellte ich fest.

»*Ich* schon«, sagte Susan mit Nachdruck.

»Wann sollen wir denn dort erscheinen?«

»Nach dem Abendessen – auf jeden Fall so um neun Uhr herum. Es gibt Kaffee.«

»Ah, ich verstehe, eine von diesen Einladungen, bei denen man nicht genau weiß, ob es etwas zu essen gibt. Ich bin gespannt, wer alles dasein wird.« Doch das war natürlich nicht schwer zu erraten. Die Maynards selbst waren da und einige andere Professoren und Dozenten mit ihren Frauen, Iris Horniblow, Evan und Menna Cranton, Dolly, der Vikar und, überraschenderweise, Coco und seine Mutter, die beide für den Anlaß ein wenig zu gut gekleidet waren.

»Kaffee an einem Sonntagabend«, flüsterte Coco mir zu. »Was soll man *dazu* anziehen? Die Leute haben sich anscheinend nicht viel Mühe gegeben, oder?«

»Sie sind wohl einfach so gekommen, wie sie gerade waren«, meinte ich. »Schließlich *ist* es eben Sonntagabend.«

Crispin bat um Ruhe, indem er in die Hände klatschte. »Nun, ich nehme an, Sie haben alle den Brief in der *Times* gelesen«, sagte er. »Ich denke, wir sind uns einig, daß wir ihn unterstützen sollten. Ich werde Ihnen also den Entwurf vorlesen, den ich vorbereitet habe. Anschließend können wir dann bei einer Tasse Kaffee darüber diskutieren.«

»Ist das alles, was wir bekommen?« flüsterte Coco.

Ich sah, wie sich Margaret und Menna Cranton mit Keramikkannen zu schaffen machten. Auch Margarets Schwester Cicely half mit. Sie war Rektorin einer Lehrerbildungsanstalt in den Midlands, eine etwas verblaßtere Ausgabe von Margaret, wie es sich für eine unverheiratete ältere Schwester möglicherweise gehörte. Ich überlegte, ob man Susan wohl als eine verblaßtere Ausgabe von mir ansah, aber ich wußte natürlich, daß dem nicht so war. Susan hatte einen energischen Charakter und war immer modisch gekleidet. Man hätte auch sagen können, sie mache nur gute Miene zum bösen Spiel, doch einfach nur verheiratet zu sein war ja kein besonderer Status mehr – von all diesem Unsinn hatten wir uns schon lange verabschiedet. Aber hatten wir das wirklich? fragte ich mich, während ich zusah, wie Kitty ihre juwelenbesetzen Eheringe an ihrem Finger drehte.

»Aus *so etwas* kann Mutter doch nicht trinken«, sagte Coco angewidert, als die Keramikbecher mit dem Kaffee herumgereicht wurden.

»Crispins Tochter hat sie gemacht«, erklärte ich. »Und sie haben immer ganz besonders *guten* Kaffee«, sagte ich und nippte zur Ermutigung an meinem. Ich bemerkte, daß Kitty ihren Kaffee unberührt auf einem Beistelltischchen stehenließ. Sie blickte hilflos um sich, und als niemand ihr auch nur die geringste Beachtung schenkte, zeigte sich ein verdrießliches Stirnrunzeln auf ihrem Gesicht.

Crispin sprach gerade und trug für unseren Protest einen Entwurf voller angemessener Formulierungen vor: »tiefe Besorgnis«, »erhebliche Beunruhigung«. »Beängstigt« wurde diskutiert, aber nicht angenommen – beängstigt zu sein spiegelte irgendeine Art Unzulänglichkeit unsererseits wider. Einige steuerten noch eigene Vorschläge bei, und es war praktisch schon alles abgesprochen, als Dolly aufstand und auf ihre unverhohlene Art erklärte: »Ich hoffe, die alten Leute von Normanhurst werden auch mit von der Partie sein.«

Betroffenes Schweigen folgte. Es war, als hätte Dolly empfohlen, ihre Igel um deren Meinung anzugehen.

»Ich glaube kaum ...« setzte Crispin an, mochte aber wohl nicht weitersprechen. Man konnte sich schwerlich ein annehmbares Argument vorstellen – offensichtlich war die Ansicht einiger Bewohner aus dem Altersheim in einer Sache wie dieser nicht im geringsten von Bedeutung oder Interesse, aber das konnte er kaum so sagen. »Weißt du, Dolly, dies ist eigentlich eine universitäre Angelegenheit«, fuhr er fort. »Ich bezweifle, daß wir unser Ziel erreichen werden, wenn wir den Kreis zu weit ziehen.«

»Ich meine doch, daß unter den Westindern auch ein paar sind, die eine Meinung dazu haben«, mahnte Coco uns herausfordernd, doch keiner nahm Notiz von ihm. Dollys Anliegen war sowohl schwerwiegender als auch von heiklerer Art.

»Diese ganze Gewalt verstört sie nämlich«, sagte Dolly weiter. »Ich glaube nicht, daß das mit dem Sex – diese nackten Körper, die sich unter den Laken winden – die Achtzigjährigen noch sehr berührt, es ist vielmehr die Gewalt, die so besorgniserregend ist.«

»Aber du sprichst doch wohl vom *Fernsehen*«, sagte Crispin mit sanfter Stimme. »In diesem Antrag geht es ums *Radio*, genauergesagt um die Aufgabe des Dritten Programms.«

»Na ja, wir sollten doch gleich einen Rundumschlag machen, wenn wir schon einmal dabei sind«, meinte Dolly.

»Was für eine gräßliche alte Frau«, flüsterte Susan mir zu. »Was für schreckliche Leute du kennst.«

Dollys Ausbruch verwirrte mich, und ich sah mich nach Alan um. Ich entdeckte ihn, als er mit einer der Keramikkannen Iris Horniblow gerade den Becher füllte, und das verwirrte mich in anderer Hinsicht. Ich ertappte sie dabei, wie sie ihn von unten herauf anlächelte, so wie es kleinere Frauen bei großen Männern können.

»Was sollte das Ganze nur?« fragte Kitty mich mit wehleidiger Stimme, und ich ahnte, daß der Abend für sie eine Enttäuschung gewesen war, was jetzt freilich so oft der Fall sein mußte. Und was *sollte* das Ganze denn nun eigentlich? Ein paar sanfte, kultivierte Menschen, die versuchten, jene Flut der Mittelmäßigkeit aufzuhalten, die sie zu überschwemmen drohte? Ich, die ja kaum etwas anderes kannte, konnte ihnen ihre Ansichten nachempfinden, war aber selbst eigentlich keine Radiohörerin; ich ging meiner jeweiligen Arbeit im Hause nach, versunken in meine eigenen brütenden Gedanken.

Zehntes Kapitel

Der Dabbs-Gedenkvortrag war eine Veranstaltung der Universität, zu der ich als Alans Frau automatisch mit eingeladen war, weniger zu dem Vortrag selbst allerdings als zum Umtrunk und Essen danach. Es wurde allgemein angenommen, wenn auch niemals offen ausgesprochen, daß Stadtrat Dabbs, aus dessen Vermächtnis das Geld für diese alljährliche Feier stammte, wohl kaum daran gedacht hatte, daß die Damen in einem Hörsaal sitzen und sich einen Vortrag, der zweifellos zu hoch für sie war, tatsächlich *anhören* würden, daß er sie hingegen gerne in ihren farbenfrohen Abendkleidern dabeigesehen hätte, wenn das Gespräch danach sich belangloseren Gegenständen zuwandte.

Dies würde der dritte Dabbs-Gedenkvortrag sein, den ich besuchte. Für den ersten hatte ich mir ein neues Kleid zugelegt. Beim zweiten schien es schon nicht mehr so wichtig zu sein, was man trug, und beim Abendessen danach saß ich neben Coco und dem Redner, einem jungen Soziologen, der damals noch ledig war. Nach dem Essen hatten wir drei uns im Aufenthaltsraum ziemlich betrunken, der Redner, weil er seine Prüfung hinter sich hatte, Coco aufgrund der Macht der Gewohnheit und ich, weil ich aus Schwäche ihrem Beispiel folgte. In diesem Jahr war der junge Soziologe verheiratet und seine Frau ganz offenkundig schwanger, Coco und ich würden beim Essen nicht nebeneinander zu sitzen kommen, und Iris Horniblow würde den Vortrag halten.

Er sollte die »Muster nachbarschaftlichen Verhaltens« in verschiedenen Vorortgemeinden zum Thema haben, in denen Iris kurz nach ihrem Universitätsabschluß und vor ihrer Heirat ihre Feldarbeit geleistet hatte. Ich versuchte mir vorzustellen, wie sie damals in den frühen sechziger Jahren wohl gewesen war, jung, gutaussehend, eifrig – nicht reif genug, um als »fähige« Frau bezeichnet zu werden, aber mit allen Anlagen für eine ausgezeichnete Karriere. Und jetzt? Als sie von dem ältesten der graumelierten Soziologen vorgestellt wurde und auf die Rednertribüne stieg, wandte ich mich mit einer Regung spontaner Großzügigkeit Alan zu und flüsterte: »Sieht sie nicht reizend aus!« Er gab keine Antwort, ließ sie jedoch nicht aus den Augen, und auch ich fand, daß das Vergnügen, das ihr Anblick gewährte, die Langweiligkeit des Vortrags in gewisser Weise aufwog. Das Thema hatte zunächst interessant geklungen – denn was könnte faszinierender sein als eine Untersuchung über eine Gemeinde, die man tatsächlich kannte? –, und zuerst gab ich mir große Mühe, ihr zuzuhören. Doch schon nach wenigen Minuten wurde mir klar, daß hier ein Experte am Werk gewesen war, und sobald ich die Wörter »Interaktion«, »Tiefendimension« und »Basis« vernahm, wußte ich, daß dieser Vortrag auch nicht fesselnder werden würde als die früheren beiden.

So schweiften meine Gedanken zu Iris selbst, meine anfängliche Regung der Großzügigkeit verflog, und ich ertappte mich, wie ich sie gleichgültig studierte und zu ergründen suchte, was Alan an ihr so faszinierend fand. Ihre energischen Gesichtszüge, ihr volles Haar und ihre großen Augen waren sehr beeindruckend, und obwohl sie ein wenig zu klein war, hatte sie eine gute Figur. Sie hatte ihr Kleid sehr passend gewählt: Es war lang und aus einem matten Stoff in einem dunklen auberginefarbenen, beinahe schwarzen Purpurton. Sie trug keinen Schmuck, nur eine einzelne Rose am Ausschnitt ihres Kleides. Da er recht tief war, sah es aus, als sei die Blume ihr von einer anderen als ihrer eigenen Hand zwischen die Brüste gesteckt worden. Auf ihrer ziemlich braunen Haut wirkte sie fast weiß, doch ich hatte den Eindruck, bei einer näheren Untersuchung feststellen zu müssen, daß es ein sehr blasses Rosa war. In unserem Garten blühte gerade eine Rose von ebendieser Farbe, und einen Augenblick lang konnte ich mich des Gefühls nicht erwehren, daß es Alans Hand war, die die Rose gepflückt und sie dort hingesteckt hatte, wo sie jetzt ruhte. In dem Hörsaal war es nicht dunkel wie im Kino, was ich mir gewünscht hätte, als ich instinktiv von Alan abrückte. Ich schaute auf meine Uhr und sah zu meinem Entsetzen, daß ich den Vortrag noch mindestens zwanzig Minuten lang durchstehen mußte, bis ich auf Erlösung hoffen konnte.

Schließlich schwieg Iris. Sie sammelte auf dem Rednerpult sorgfältig ihre Unterlagen zusammen, hob den Kopf und lächelte, dann brach der Applaus los, und Crispin Maynard stand auf, um ein Wort des Danks zu sagen. Stadtrat Dabbs wäre heute abend wohl besonders zufrieden gewesen und wir dürften nicht vergessen – und er war überzeugt, das würde uns auch nicht passieren –, daß einen Vortrag halten und ihm zuzuhören Arbeit sei, die hungrig und durstig mache, und als Zeichen zum Aufstehen hob er seine weit geöffneten Arme und winkte uns dort hinüber, wo das Essen und die Getränke bereitstanden.

»*Das* hätte Crispin aber besser machen können«, flüsterte Alan ärgerlich.

»Es war doch sehr nett, was er gesagt hat, es paßte sehr gut.«

»Ohne daß er auch nur im geringsten auf das Thema des Vortrags eingegangen wäre? *Du* hättest das besser machen können, Caro. Ich bin sicher, du hast den Kern der Sache erfaßt.«

»Es ging um das Verhalten von Nachbarn. So wie die Frau, die Dollys Igel nicht für sie füttern wollte«, sagte ich stur, denn ich wußte, daß das eine grobe Vereinfachung war; es erstaunte mich nicht, daß Alan mir keine Antwort gab.

Bei diesem kleinen Wortwechsel waren wir aus dem Hörsaal hinaus in das Gedränge der Leute geraten, die Iris umringten und sie zu ihrem Vortrag beglückwünschten. Ich hörte sie sprechen, selbstbeherrscht, ein bißchen herausfordernd, beinah kokett – sie hoffe, es sei nicht allzu schrecklich gewesen, und sie brauche (natürlich) unbedingt etwas zu trinken.

Wer wird ihr wohl etwas holen? fragte ich mich. Wer wird der erste sein, der eilends mit dem doppelten Scotch zu ihr kommt? Vielleicht würde es Alan sein.

»Ein *wundervoller* Vortrag«, murmelte ich, als sie an mir

vorüberglitt, Alan an ihrer Seite. Heather Armitage kam auf mich zu, gefolgt von Evan Cranton.

»Zu meiner Zeit«, bemerkte er, »hätte man das Verhalten der Nachbarn über den Gartenzaun wohl kaum einer ernsthaften wissenschaftlichen Untersuchung für wert gehalten. Das Problem ist, daß uns die primitiven Völker ausgehen, so müssen wir jetzt auf uns selbst zurückgreifen.«

Eine Kellnerin kam mit einem Getränketablett vorbei, und jeder von uns griff sich ein Glas Wein.

»Bei Dr. Horniblow klang es so interessant und lohnenswert«, meinte Heather mit dem ernsthaftesten Blick, der ihr zu Gebote stand. »Man bekommt wirklich das Gefühl, daß die Feldarbeit gleich vor der eigenen Haustür beginnen kann.«

»Ist Mrs. Cranton heute abend hier?« erkundigte ich mich, denn es war nichts von ihr zu sehen.

»Nein, meine Frau macht sich nichts aus diesen Dingen«, sagte er und gab mir damit das Gefühl, daß es sich für eine Ehefrau auch so gehörte.

Nach einer Weile gingen wir zum Essen hinüber. Man hatte mir einen Platz zwischen George Armitage – Heathers Gatten – und Evan Cranton gegeben.

»Ah, so sehen wir uns wieder«, meinte letzterer und klang wenig erfreut.

»Ja«, bestätigte ich tonlos und sah nach, ob ihm sein anderer Nachbar wohl anregendere Unterhaltung als ich zu bieten hätte. Es war Margaret Maynard, und sie schien sich gerade über irgend etwas zu ereifern, so daß ich, da George Armitage keiner besonderen Aufmerksamkeit bedurfte, Zeit hatte, mich umzusehen. Ich sah, daß auf der einen Seite von Iris Alan saß und auf der anderen der junge Soziologe, der Redner vom letzten Jahr. Coco dagegen, den ich beim Essen zu treffen gehofft hatte, auch wenn es ihm nicht der Mühe wert gewesen war, zum Vortrag zu erscheinen, ließ sich nicht blicken.

»Ah!« sagte George, als man uns einen Krabbencocktail hinstellte und Weißwein in eines der beiden Gläser goß, die zu jedem Gedeck gehörten, und begann entschlossen zu essen.

Wir aßen eine Zeitlang schweigend, bis Evan Cranton sich mit einer Frage über die alten Leute in Normanhurst an mich wandte. Hatte ich nicht Mr. Stillingfleet gekannt? Seine Frau hatte einmal von ihm gesprochen.

»Ja, Alan und ich haben ihn wohl auf seinem Sterbebett gesehen«, sagte ich, mich an die Kartoffelchips im Bart erinnernd. »Er war ein netter alter Mann. Ich habe ihm immer vorgelesen.«

Zu meiner Überraschung erhob Evan Cranton plötzlich sein Glas auf mich, wie um mich zu ehren.

»So eine bezaubernde junge Dame wie Sie...« fing er an, hielt dann jedoch inne, als ob ihm zu Bewußtsein käme, wo er sich befand und zu wem er sprach. Für wen hatte er mich denn gehalten, und wo meinte er zu essen? Ich ahnte, daß sich durch den Wein und unsere Nachbarschaft innerhalb dieser geschlossenen Welt, in der wir uns an jenem Abend befanden, eine merkwürdige Vertraulichkeit zwischen uns entwickeln könnte, die uns bei unserer nächsten Begegnung wohl beiden peinlich wäre. Aber wahrscheinlich würde er es gänzlich vergessen haben. Nur ich würde mich noch erinnern – wozu Frauen ja neigen –, lächelnd oder auch nicht, je nachdem, wie mir gerade zumute war.

Ich wandte mich mit einer Bemerkung über den Vortrag an George Armitage, doch er kam schnell von diesem Thema ab und auf seine Kinder zu sprechen, ohne sich auch nur nach Kate zu erkundigen. Auch unter dem Einfluß des Weins und der Umgebung war er nicht galant, vertraulich oder zum Flirten bereit. Er war, wenn überhaupt irgend etwas, dann mehr denn je wie sein fades Alltags-Ich. Er schien zu glauben, daß es mich interessieren müsse, die Arbeit seiner Frau und wie sie abends auch noch das Essenmachen schaffte zu besprechen. All mein Charme, oder das winzige bißchen davon, das durch Dr. Crantons unerwartetes Benehmen zum Vorschein gekommen war, verflüchtigte sich, verblaßte ganz, und ich wurde träge und schwerfällig, kaum mehr fähig, noch eine Wendung oder einen Satz zu finden, der George zum nächsten öden Abschnitt unseres Gesprächs befördern könnte. Ich hatte plötzlich die Greuel der Ehe vor Augen, die wir so leichtfertig eingingen. Welche Dummheit, welcher Mut... Ich blickte zu Alan und Iris hinüber. Er sah durchaus anziehend aus. Es hatte zwar nicht viel zu sagen, aber ich glaube, vor die Wahl gestellt, hätte man sich unter all den Männern hier ihn zum Tischnachbarn gewählt.

George erzählte mir inzwischen von der Tiefkühltruhe, in die er und Heather vor kurzem ihr Geld »investiert« hatten, und von den Hähnchen und Bratenstücken, die man so praktisch darin lagern und Monate später zum Essen wieder herausnehmen konnte.

»Wie Mammut-Steaks«, bemerkte ich. »Die haben sich all die Jahre im Eis perfekt gehalten.«

Wir erhoben uns vom Tisch, und damit war wieder eine Dabbs-Gedenkfeier zu Ende, bis zum nächsten Jahr. Gern hätte ich das zu jemandem gesagt und den Gedanken ausgeschmückt und wäre dabei phantasievoll, kapriziös, ja selbst frivol gewesen, so wie ich es bei Coco gekonnt hätte, aber mir fehlte der geeignete Zuhörer. Als wir zum Kaffee und auf einen Drink in den Aufenthaltsraum gingen, kam Alan zu mir, legte mir die Hand auf den Arm und fragte, ob »alles in Ordnung« sei. Auf so eine Frage gab es keine Antwort. Ich war erleichtert, als ein junger amerikanischer Doktorand auf mich zutrat und mir anbot, mir einen Brandy zu bringen. Ich verbrachte den Rest des Abends im Gespräch mit ihm, bis die Leute aufzubrechen begannen.

Schließlich fragte Alan, ob ich nicht nach Hause wolle. Iris war müde – verständlicherweise –, und wir konnten sie im Auto mitnehmen, denn sie hatte ihren eigenen Wagen an diesem Abend zu Hause gelassen. Die Batterie war leer. Das letzte Detail hätte er mir auch ersparen können, dachte ich, als ich grübelnd in der greifbaren Dunkelheit unseres Wagens saß, doch als Iris einstieg, bemerkte ich, daß die Rose, die sie trug, keine echte war, und das änderte die Sache. Irgendwie konnte man sich nicht vorstellen, wie die zärtliche Hand eines Liebhabers eine künstliche Blume in die Mulde zwischen ihren Brüsten steckte.

»Das war ein wundervoller Vortrag«, sagte ich in meiner Erleichterung. »Ich nehme an, Sie sind wohl trotzdem froh, daß es vorbei ist.«

»O Mann, und wie«, erwiderte sie schulmädchenhaft. »Und Luke und Alice werden auch froh sein. ›Mummy schreibt ihre Rede und da darf man nich dören‹, hat Luke immer gesagt. Jetzt hat Mummy diese Ausrede nicht mehr.« Sie seufzte übertrieben.

»Ihr Kleid ist einfach toll«, fuhr ich fort. »Eine fabelhafte Farbe.«

»Danke«, sagte sie. »Und vielen Dank fürs Mitnehmen, Alan, und all den moralischen Rückhalt und Scotch.«

»Was für eine ergiebige Unterhaltung«, meinte ich, als wir allein im Wagen saßen.

»Ihr zwei scheint euch gegenseitig zu dieser Art Gerede anzuspornen«, sagte Alan. Er klang beinah verwirrt. »Aber ich bin froh, daß du den Vortrag gut fandest und ihr Kleid so gelobt hast. Das hat sie bestimmt gefreut.«

»Ja, es heißt, ein Kompliment von einer anderen Frau mache besondere Freude, nicht wahr? Ich frage mich, warum?«

»Weil sie sonst so gemein sind, vielleicht?«

Ich dachte an meinen Eindruck, daß Iris durch das Tragen einer künstlichen Rose irgendwie an Glanz verlor, und kam zu dem Schluß, daß Alan in diesem Fall recht hatte.

Elftes Kapitel

Meine Schwiegermutter kam für ein paar Tage zu Besuch, und zur gleichen Zeit trafen die Fahnen von Alans Aufsatz ein, so daß das eine dem anderen die Aufmerksamkeit stahl. Alan hatte sich seiner Mutter seit langem entfremdet, und mit der Entschuldigung, seine Fahnen Korrektur lesen zu müssen, blieb er abends in seinem Arbeitszimmer, während Mrs.

Grimstone und ich fernsahen. Umgekehrt hatte ich dank dem Zusammensein mit ihr nur wenig Gelegenheit, mit Alan um Diagramme zu bangen und über Satzfehler zu klagen.

Alans Mutter nahm das Ganze gelassen; sie war sich der Klugheit ihres Sohnes gewiß, und machte keinen Versuch, die höheren Regionen zu betreten, in denen er sich ihrer Meinung nach bewegte. Immer dann, wenn seine Klugheit am offensichtlichsten war, schwelgte sie gern laut in den Erinnerungen an jene Zeit in Liverpool, als sie ihn »unter dem Herzen trug«, und daran, wie seine Namen – Alan George – ihr bei der Geburt gleich in den Sinn gekommen waren. »Alan« hatte sie immer gemocht, »George« kam von ihrem Mann, der bei Dünkirchen gefallen war, und von König Georg dem Sechsten. Alan war das einzige Kind dieser Ehe, und sie hatte nicht wieder geheiratet. Er war ein aufgeweckter Junge, hatte viele Stipendien erhalten, und als wir uns dann beim Studium kennenlernten, schien eine Heirat mit einer Frau aus etwas besseren Kreisen nur das zu sein, was zu erwarten war.

Katherine Grimstone und ich verstanden uns recht gut, und als wir unser Kind Kate genannt hatten – nach ihr, dachte sie, während es vielmehr ein Name war, den ich längst vor unserer Bekanntschaft mochte –, wurde die Bindung noch stärker. Es gab manches an ihr, was mich störte, aber ich hatte mich mit der Zeit an sie gewöhnt. Sie war klein, flink und munter und gab mir das Gefühl, plump, langsam und »verträumt« zu sein, wovon letzteres in ihren Augen die schlimmste meiner schlechten Eigenschaften war. Sie trug mir auch immer noch vor, was Alan alles gerne mochte – Kartoffeln und starken Tee, dick aufgeschnittenen Speck und irgendeine besondere Soße – das meiste hatte ich Alan längst abgewöhnt. Kate wurde jeder Wunsch erfüllt, doch nur solange sie das kleine Mädchen war, das ihren Vorstellungen entsprach – eines, das mit den Kindern in der Fernsehwerbung viel gemein hatte –, und Kate war schlau genug, das mitzumachen. Sie sagte »Nana« zu ihr, nannte sie mir gegenüber aber »Grannie«, und ich fragte mich, ob dies ein erstes Zeichen sei für einen scharfen Verstand, der mit den Feinheiten und Verästelungen der Verwandtschaftsterminologie keine Schwierigkeiten hätte.

Es gab etwas, was mir an meiner Schwiegermutter sehr behagte, nämlich, daß sie noch stärker rauchte als ich. Diese Angewohnheit rührte aus dem Krieg und ihrer Trauerzeit her. Es kam mir stets gemein und fühllos vor, wenn Alan ihr deshalb Vorwürfe machte, und gemeinsam trotzten wir ihm.

»Es schadet dir und ist reine Geldverschwendung«, pflegte er zu sagen, was eine Binsenwahrheit war. »Iris hat es geschafft, sich einen Pelzmantel zusammenzusparen, seit sie das Rauchen aufgegeben hat.«

»Wer will denn einen Pelzmantel haben?« gab ich zurück. »Es ist ohnehin grausam, das Fell von echten Tieren zu tragen.«

»Jetzt redest du schon wie Dolly«, meinte er, »und du weißt, wie verschroben sie ist. Menna Cranton hat auch einen Pelzmantel, und sogar Margaret Maynard hat einen, also kann es ja wohl nicht so schlimm sein.«

»Margarets Mantel ist bestimmt aus besonders human gewonnenen Fellen«, sagte ich. »Und Iris ist sowieso zu klein, um einen Pelzmantel zu tragen – ich wette, sie sieht aus wie eine kleine Bisamratte.«

»Wie weit bist du denn mit dem Buch, Alan?« erkundigte sich seine Mutter. »Bist du schon fertig mit dem Korrigieren?«

»Es ist kein Buch, Mutter«, erwiderte Alan geduldig, »nur ein Aufsatz, der in einer Zeitschrift erscheint.«

»Ah, ich verstehe, so eine Illustrierte.« Mrs. Grimstone nickte und stellte das Ding am Ende ihrer Stricknadel fest, das ihr zeigte, daß sie wieder eine Reihe fertig hatte.

»Ja, so könnte man es wohl nennen, oder, Caro?«

Er lächelte auf seine überlegene Art, und darum sagte ich: »Ja, wahrscheinlich. Sie liest sich nur nicht ganz so gut wie die meisten.« Dann fügte ich reuig hinzu: »Der Aufsatz ist doch hoffentlich ganz ordentlich gesetzt – mit nicht zu vielen Fehlern?«

»Ein Diagramm haben sie ziemlich verpfuscht«, sagte er,

»was mich doch ein wenig beunruhigt. Mir ist nicht ganz klar, was ich damit machen soll. Ach, und Liebling« – er nahm mich zur Seite und fuhr leise fort: »da der Aufsatz jetzt fertig ist, sollte Stillingfleets Manuskript wohl zurückgebracht werden. Das könntest du doch unauffällig für mich tun, und die Sache mit deiner Freundin Schwester Dew in Ordnung bringen.«

»*Meine* Freundin – das ist sie nicht gerade, aber ich werd's mitnehmen.«

Für Mrs. Grimstone, oder Kath, wie sie sich gerne nennen ließ, würde der Besuch des Altersheims ein Ausflug sein, und wahrscheinlich würde Schwester Dew uns irgendeine Erfrischung anbieten.

»... den nennen sie den *starken*. Ist absolut keimtötend. Und wir nehmen ihn hier auch. Mit alten Leuten kann man gar nicht vorsichtig genug sein.« Schwester Dew lächelte und bedeckte die Kanne wieder mit dem gestrickten Teewärmer. Es war mir bewußt, daß das albern und zimperlich war, aber ihr Gerede über die Vorsichtsmaßnahmen, die man hier in Normanhurst bezüglich der Hygiene in den »Sanitäranlagen« traf, verdarb mir doch ziemlich die Lust an meinem Tee.

Mrs. Grimstone nickte, und ich sah, wie sie sich im Geiste notierte, daß sie ebendiesen Reiniger für unsere Toilette holen müsse, denn auch sie hatte gesehen, wie er im Fernsehen empfohlen wurde. Solche ausgefallenen »Geschenke« machte sie mir oft.

»*Und* wo es kleine Kinder gibt«, fügte sie hinzu.

»Wohnt jetzt denn jemand anderes im Zimmer von Mr. Stillingfleet?« erkundigte ich mich.

»Ach, du liebe Güte, *ja*. An dem Tag, nachdem er gestorben war, war sein Bett schon wieder belegt.«

»Und wer?«

»Eine Dame – sie stand schon eine Zeitlang auf der Warteliste. Ihr Sohn und ihre Schwiegertochter haben sie schnellstens hergebracht, als sie die Nachricht von Mr. Stillingfleets

Tod erhielten, *zu* schnell beinahe, denn wir hatten kaum Zeit, das Zimmer herzurichten. Würden Sie sie gerne sehen? Ich glaube, sie würde sich freuen, wenn sie einmal Besuch bekäme.«

Ich zögerte und schien wohl eher abgeneigt, doch Mrs. Grimstone gab schnell für mich zur Antwort, daß wir die Dame selbstverständlich gern besuchen würden. Als wir aufstanden, um zu ihrem Zimmer zu gehen, fiel mir auf, daß ich meine Einkaufstasche mit dem Manuskript unter den Stuhl gelegt hatte. Ich nahm sie mit, in der Hoffnung, es irgendwie wieder in die Kiste mit den Besitztümern des alten Missionars zurücklegen zu können, doch als wir das Zimmer betraten, sah ich, daß es sich ziemlich verändert hatte. Die Möbel waren umgestellt, und die Holzkiste mit dem schweren Riemen, in der Mr. Stillingfleet seine Sachen aufbewahrt hatte, war nirgends mehr zu sehen.

Eine ziemlich beleibte alte Frau lag mehr auf denn in dem Bett, so als hielte sie ein Mittagsschläfchen. Eine dicke, rotblau-karierte Decke war über sie gebreitet, was sie wie einen rot-blauen Berg aussehen ließ. Bündel von Zigarettencoupons, mit Gummibändern zusammengehalten, lagen verstreut um sie herum.

»Aha, Sie zählen gerade Ihre Schätze«, sagte Schwester Dew vergnügt und ziemlich laut. »Sie ist taub«, fügte sie hinzu. »Sie spielt gern mit ihren Zigarettencoupons und sucht sich aus, was sie haben möchte, nicht wahr, meine Liebe? Jetzt machen wir uns aber schön und gehen runter zum Tee, oder? Räumen Sie Ihre Coupons auf – na, also. Ich habe Besuch für Sie mitgebracht.«

Die Frau sah verständnislos zu uns auf.

»Wo sind denn Mr. Stillingfleets Sachen geblieben?« erkundigte ich mich. »Ich meine seine Aufzeichnungen.«

»Ach, dieser Dr. Cranton von der Universitätsbibliothek war da und hat sie mitgenommen«, antwortete Schwester Dew. »Ich war heilfroh, sie los zu sein, das kann ich Ihnen sagen. Ich wollte sie doch nicht verbrennen.«

»War er denn dazu berechtigt?« fragte ich.

»Oh, sie kommen in die Universitätsbibliothek«, sagte Schwester Dew ehrfürchtig, »also war das wohl in Ordnung. Der alte Mann hätte sich bestimmt gefreut.«

»Ja, das glaube ich auch«, erwiderte ich langsam und fragte mich, wie ich das Manuskript nun zurückbringen sollte. Alan hatte zwar gelacht über die Bemerkung, daß ich mich vor Evan Cranton fürchten würde, aber es war doch so. Ich konnte mir einfach nicht vorstellen, zu ihm zu gehen und ihm das Manuskript zu übergeben, und da ich keine Ahnung hatte, wo all die verschiedenen Manuskripte lagen, war es mir unmöglich, es irgendwie hineinzuschmuggeln. Es kam mir nie in den Sinn, daß Alan es selbst zurückgeben könnte. Irgendwie schien die Verantwortung dafür von Anfang an bei mir zu liegen.

Als wir nach Hause kamen, sagte Alan mir, daß er sich entschlossen habe, am nächsten Tag nach London zu fahren – seines Aufsatzes wegen. Er meinte, er müsse mit dem Redaktionsassistenten das mißglückte Diagramm besprechen. Diese Begründung kam mir so seltsam vor, daß ich mich zu fragen begann, ob er wohl heimlich ein Treffen in der Stadt mit Iris Horniblow vereinbart hatte. Der Verdacht war lächerlich, doch er verließ mich nicht, und schließlich, als Alan gegangen war, rief ich bei ihr zu Hause an. Niemand nahm den Hörer ab; offensichtlich war sie ausgegangen. Natürlich war es möglich, daß sie gerade Unterricht gab oder mit den Kindern unterwegs war. Einer plötzlichen Eingebung folgend rief ich Coco an. Er war nicht anders als sonst, so angenehm wie immer, doch in bezug auf Alan beruhigte er mich keineswegs, und das war doch der Hauptgrund meines Anrufs.

»Caro, die Männer *machen* so etwas«, sagte er ernst, als ob ich das nicht wüßte, »und diese Horniblow fordert es ja heraus. Wo würden sie wohl hingehen?« rätselte er. »In eines von diesen Hotels, wo man ein Zimmer für den Nachmittag bekommt? Wenn sie nicht jemanden kennen, der ihnen seine Wohnung leiht.«

Alan nahm den letzten Zug zurück, der um elf Uhr ankam.

Mrs. Grimstone und ich blieben auf und warteten auf ihn, zumindest sah es so aus, denn wir saßen schweigend vor dem Fernseher. Sie strickte, wie immer, an irgendeinem Kleidungsstück für Kate. Natürlich war es noch nicht wirklich spät, doch es lag eine gewisse Spannung in der Luft. Alans Abendessen hatte, da ich keine Ahnung hatte, wann er zurücksein würde, lange im Ofen gestanden, und auch ein Schmortopfgericht, das wie dieses besonders lange brauchte, mußte inzwischen ganz trocken sein. Ich glaube, wir empfanden beide so etwas wie Genugtuung darüber, wurden aber bald enttäuscht, als Alan verkündete, er habe schon im Zug gegessen.

Seine Mutter schürzte die Lippen, und ich konnte sie beinahe sagen hören: »Reine Geldverschwendung.«

Er sah recht zufrieden mit sich aus und äußerst attraktiv.

»Hast du die Sache mit dem Diagramm denn klären können?« erkundigte ich mich, die Worte nur mühsam über die Lippen bringend.

»Ja ja – ein ziemlich dummer Redaktionsassistent, aber wir haben es schließlich geschafft. Das ist ja dann immer befriedigend.« Er lächelte, wie Kate es manchmal tat.

»Und hast du Rollo Gaunt gesehen?«

»Ja, wir sind etwas trinken gegangen.«

»Nicht zum Abendessen?«

»Nein, ich hab euch doch gesagt – ich habe im Zug gegessen.«

Ich versuchte, mich an die klassischen Zeichen der Untreue zu erinnern: ein langes Haar am Kragen, ein Lippenstiftfleck auf dem Taschentuch oder der Duft eines fremden Parfüms – sie kamen mir alle ziemlich altmodisch vor.

Ich wußte Alan nichts anderes zu erzählen, als daß die Aufzeichnungen von Mr. Stillingfleet nun in den Händen von Evan Cranton waren. Das schien ihn jedoch nicht zu interessieren, und ich begann mich zu fragen, ob das Manuskript wie ein Fluch ewig auf uns lasten würde.

Zwölftes Kapitel

Als wir ein paar Tage darauf gerade beim Frühstück saßen, blickte Alan von der *Times* auf und zeigte mir eine der Todesanzeigen. Der Name Esther Clovis sagte mir nichts, doch Alan schien zu meinen, daß ich von ihr gehört haben müßte. Er sagte, sie habe für irgendein Londoner Forschungszentrum sehr wertvolle Arbeit geleistet, das früher, als es noch »primitive Gesellschaften« gab, die man als Anthropologe erforschen konnte, regelmäßig Leute zur Feldarbeit nach Afrika und an andere geeignete Orte entsandte.

»Es heißt hier ›plötzlich‹«, bemerkte ich. »Und nächsten Mittwoch findet eine Gedenkfeier statt – gehst du hin?«

»Caro, wie könnte ich das, ausgerechnet am Mittwoch?«

»Ach ja, natürlich, das Mittwochsseminar. Aber du würdest doch ohnehin nicht gehen, oder?«

»Ich weiß nicht, aber ich denke, irgendwie sollte man seine Anteilnahme bekunden. Es werden alle möglichen Leute dasein... Man wird wohl erwarten...« Er zögerte. »Ah, ich weiß – *du* könntest mich vertreten. Eine kleine Spritztour nach London würde dir doch sicherlich Spaß machen, oder?«

»Na ja, zu einer Gedenkfeier eher weniger. Aber sie wird wohl nicht lange dauern.«

»Verabrede dich doch danach mit einer Freundin zum Mittagessen«, schlug Alan mir vor. »Mit einer deiner alten Klassenkameradinnen.«

»Das klingt ja wirklich toll«, spottete ich. »Danke, aber ich glaube, ich verzichte. Vielleicht gable ich einen interessanten Anthropologen auf.«

»Ja, sicher, Liebling«, sagte Alan in einem verletzenden, gleichgültigen Ton. »Du könntest dir zu diesem Anlaß auch etwas Neues kaufen.«

»Ja, dieses alte schwarze Kostüm, das ich zur Beerdigung von Mr. Stillingfleet anhatte, werde ich bestimmt nicht tragen. Siehst du, das ist schon der *zweite* Anlaß dieser Art, bei dem ich dich vertrete. Eigentlich ist das nicht ganz die Rolle, die ich mir bei unserer Heirat für mich vorgestellt habe«, fügte ich mit einer gewissen Bitterkeit hinzu.

Doch Alan hörte gar nicht zu und murmelte im Fortgehen so etwas wie, daß Esther Clovis die Kleidungsfrage nicht im geringsten kümmern würde, so daß ich einfach tun und lassen könne, was ich wolle.

Man hatte eine schöne Kirche für die Gedenkfeier ausgesucht. Wegen ihrer günstigen Lage fanden darin viele Gottesdienste dieser Art statt. Der Bau war aus dem achtzehnten Jahrhundert, und es gab ein paar prächtige Gedenksteine und Wandtafeln, ein stattliches Kirchengestühl, funkelnde Messingsachen und den sauberen Duft von kaltem Stein und Lavendel-Politur. Ich war etwas enttäuscht, daß ich hier keinen Hauch von Weihrauch roch, daß keine päpstische Dunkelheit herrschte und sich keine Andeutung von Verfall, wie auf dem Festland, zeigte.

Auf einem flachen Tisch vor der versammelten Gemeinde stand ein imposantes Gesteck aus Nelken und Rittersporn, so eines, wie man es im Foyer einer Werbeagentur oder eines vornehmen Apartmenthauses häufig sieht. Ein Sarg oder eine Urne mit Asche war nicht zu sehen, es würde also gar nicht traurig werden, und ich dachte, ich würde mich – mit dem nötigen inneren Abstand – amüsieren können. Da ich Miss Clovis nicht gekannt hatte, konnte man von mir schließlich keine Trauer erwarten.

Die Kirche war ziemlich voll, und es waren anscheinend mehr Männer als Frauen gekommen, was im Vergleich zu einem normalen Gottesdienst wohl ungewöhnlich war. Meine Kleidung – ein dunkelblaues Kostüm mit dem etwas längeren Rock, der jetzt in Mode war – schien gerade richtig zu sein, ja fast ein wenig zu schick, und ich fühlte mich deshalb so wohl wie selten in jener Zeit. Auf einem Gesangblatt waren einige eher unverbindliche Kirchenlieder abgedruckt, und als Kopf stand in Fraktur »Esther Ivy Clovis 1899–1970« darauf. Ein Geistlicher, der Vikar vielleicht, sprach einige Gebete, und dann setzten wir uns, um die Ansprache, die ein Laie halten sollte, zu hören: Professor Digby Fox, vermutlich ein Anthropologe, dessen Name mir aber nicht geläufig war.

Man könnte meinen, daß dieser elegante und offizielle Rahmen nicht das war, was sie sich ausgesucht hätte, wurde mir mitgeteilt. Über diese wunderbaren Blumen hätte sie wohl ein wenig gelächelt – bestand doch ihr einziges Zugeständnis im Hinblick auf Blumenschmuck in einem hastig gepflückten und in ein altes Marmeladenglas gesteckten Glockenblumenstrauß. Wir wurden aufgefordert, uns Esther in ihrer Wohnung vorzustellen, einem ganz anderen Schauplatz als diesem, an dem wir uns zu ihrem Gedenken versammelt hatten. Doch vielleicht kamen uns die Worte der Hymne »For it is seemly so to do« in den Sinn, und darum waren wir ja hier. Esther erwartete immer das Beste von ihrer Umgebung, und das verdiente sie nun auch von uns. Bei jeglicher Arbeit war ihr Schlamperei ein Greuel; ja, einige von uns spürten, daß sie noch unter uns weilte, uns über die Schulter sah, uns aus dem Jenseits zu erreichen suchte. Ihr Rat an junge Leute, die kurz vor einer Feldarbeit standen, mag oftmals hart gewirkt haben, wie es ihre Kritik an schriftlichen Arbeiten war, die ihren hohen Anforderungen nicht genügten. Mit einem, das wissen wir, wäre sie zufrieden gewesen, und das war die Art, wie sie uns verlassen hat – plötzlich, brüsk, könnte man fast sagen, und uns in Erinnerung rufend, wie sie selbst eine Sache zu Ende brachte, die, nach ihrer Meinung, lange genug gedauert hatte. Der Redner zweifelte nicht, daß Esther Clovis mit seinen eigenen, stammelnden Worten nicht anders verfahren wäre, und er gedachte daher, hier abzubrechen und nur mehr hinzuzufügen, daß in ihrem Namen ein Stipendium gestiftet werden sollte und nach der Feier im hinteren Teil der Kirche dafür gespendet werden könne.

Wir erhoben uns und sangen »He who would valiant be«, wohl alle ein wenig erschüttert. Es kam mir vor, als sei Miss Clovis nicht unbedingt ein netter Mensch gewesen. Christin war sie offensichtlich nicht gewesen, warum hatte man also einen Gottesdienst angesetzt? Die Worte »For it is seemly so to do« fielen mir wieder ein, und vermutlich hatte man es nicht nur für geziemend, sondern auch für taktisch klug gehalten.

Ich nahm nicht an, mich irgendwie um den Beitrag für den Stipendienfonds kümmern zu müssen, auch wenn ich Alan davon berichten würde, für den Fall, daß er sich zu einer Spende verpflichtet fühlte, doch als ich in den hinteren Teil der Kirche kam, sah ich, daß ich nicht hinausgehen konnte, ohne der dort an einem Tisch sitzenden Frau meinen Namen genannt zu haben.

»Caroline Grimstone«, murmelte ich. »Ich vertrete meinen Mann, Dr. Alan Grimstone.«

»Konnte Ihr Mann denn nicht kommen?« fragte sie ziemlich spitz.

»Nein, er hatte ein Seminar«, erklärte ich, was mir eine unzureichende Entschuldigung schien, doch zu meiner Erleichterung nickte die Frau billigend mit dem Kopf, und ich begriff, daß Miss Clovis dafür natürlich Verständnis gehabt hätte.

Draußen standen die Trauernden, wenn man sie so nennen konnte, und diejenigen, die ihr durch ihre Anwesenheit die letzte Ehre erweisen wollten, in kleinen Gruppen zusammen. Eine Gruppe von Männern um die Vierzig strebte geradewegs auf einen nahen Pub zu, und ich fragte mich, ob sie wohl den Gedanken, daß Miss Clovis ihnen auch jetzt noch über die Schultern sah, besonders ergreifend gefunden hatten und nun um so dringender etwas zu trinken brauchten.

Ich hatte mir nichts vorgenommen und gar nicht erst versucht, mit einer alten Schulfreundin Kontakt aufzunehmen, wie Alan es mir vorgeschlagen hatte. Es war Viertel vor eins, und ich glaubte, ein anständiges Mittagessen verdient zu haben, mochte aber, da es zu regnen angefangen hatte, nicht allzu weit gehen. Ich glaubte mich irgendwo in der Nähe von Soho und wollte gerade die Straße überqueren, als jemand meinen Arm nahm und meinen Namen rief.

»*Caro!* Ja, natürlich, du *bist* es.«

»Na so was, David...«

Es war meine erste Liebe. Er sah noch immer byronisch aus, und wie ich gehört hatte, hatte er jetzt irgend etwas mit dem Parteipräsidium der Konservativen zu tun. Sein Gesicht sah noch genauso jung aus wie bei unserer letzten Begegnung vor acht oder neun Jahren, und die dunklen lockigen Haare, die einem damals exzentrisch lang erschienen waren, wirkten jetzt ganz normal.

Ein Fülle von Erinnerungen überkam mich.

»Caro, *Liebling* – wir müssen zusammen zu Mittag essen, außer jemand erwartet dich.«

Mich erwartete niemand, aber ihn doch bestimmt? Sicher war irgendeine Verabredung geplatzt, irgend jemand war nicht erschienen, dachte ich, als ich mit ihm in einem Restaurant in Soho saß, vor mir, an einer dunklen, intimen kleinen Bar, einen Drink, während er die Speisekarte studierte.

Was hatten wir uns aber schon zu sagen, nach der ersten Überraschung, Verwunderung und Freude über unser Zusammensein? Er erzählte mir, daß er noch nicht verheiratet sei, und ich hatte das Gefühl, er wolle warten, bis er jemand wirklich »Passendes« gefunden hätte. Ich erzählte ihm von Alan und Kate und bemühte mich, das Leben in einer provinziellen Universitätsstadt lustig erscheinen zu lassen. David hörte mir nicht richtig zu, machte mir statt dessen Komplimente und nannte etwas zu häufig meinen Namen, wobei er mich mit großen Augen ansah.

»Du warst immer ganz reizend«, sagte er in elegischem Ton.

»Und du auch.« Durch die verführerische Atmosphäre des Restaurants, die Wirkung des Weines und das Gesicht vor mir stieg in mir die Frage auf, warum in aller Welt ich Alan geheiratet hatte, wenn es noch Männer wie diesen gab. Vielleicht hätte ich warten sollen, bis mir ein anderer David begegnet wäre.

»Liebling, es wäre doch nicht gut gegangen«, sagte er mit vor Bedauern schwerer Stimme, in der zugleich die behagliche Gewißheit mitschwang, daß es jetzt zu spät war, um daran noch etwas zu ändern.

»Natürlich nicht«, stimmte ich ihm zu.

Ich wünschte mir, ich wäre in einem Roman oder gar in eines anderen Menschen Leben, um mit ihm zurück in seine Wohnung gehen zu können oder in ein Hotel von schäbiger Romantik, mit schweren, angeschmutzten Spitzenvorhängen – so eines, wie Alan es nach Cocos Vorstellung mit Iris Horniblow besucht haben könnte. Doch als wir unseren Kaffee getrunken hatten, sah David auf die Uhr.

»Zeit zum Aufbruch, Liebling«, sagte er. »Leider.«

»Ja – wir müssen wohl gehen.« Ich wandte den Kopf ab, als er offenbar ziemlich viel Geld hervorholte, um die Rechnung zu bezahlen. Es freute mich, daß es ein teures Essen gewesen war.

»Was wirst du jetzt tun?« Sein hübsches Gesicht sah beinah besorgt aus, als ob es ihn kümmern würde. »Kann ich dich vielleicht irgendwo absetzen?«

»Paddington«, erwiderte ich tonlos.

Er lächelte. »Tja, in die Richtung fahre ich nicht gerade – das tut man irgendwie nie.«

»Warum denn nicht?« fragte ich beleidigt. »Was gibt es an Paddington auszusetzen? Man fährt doch von da aus an so manchen reizvollen Ort.«

»Ach, du meinst den *Bahnhof* Paddington – ich verstehe.«

Mit diesem lächerlichen kleinen Mißverständnis verabschiedeten wir uns, und ich ging traurig die Stufen zur nächsten U-Bahnstation hinunter und löste eine Fahrkarte nach Paddington.

In der U-Bahn übte ich die Beobachtungsmethode meiner Schwester, indem ich mir die Leute im Wagen ansah und mir einzelne Merkmale ihrer Erscheinung einprägte, als ob ich eine Soziologin oder sogar Romanautorin beim Stoffsammeln wäre. Eine Frau in einem Burberry, den *Economist* lesend, Handtasche aus gutem Leder; eine andere, mittleren Alters, hübsch, leicht angegrautes Haar, dieser gewisse unberührte, jungfräuliche Ausdruck, hat vielleicht nie... jetzt war es wahrscheinlich zu spät dafür; ein Mann, ziemlich jung, korrekt, aber langweilig gekleidet, mit neuem anständigem Aktenkoffer vom Typ Status-Symbol; andere, noch weniger beachtenswert, mit traurigen, müden Gesichtern. Wann hatte wohl die Freude begonnen, aus ihrem Leben zu verschwinden, fragte ich mich, und warum waren sie mitten am Nachmittag unterwegs? Die Reise des Lebens, hätte Dolly vielleicht gesagt.

In Paddington trank ich einen Tee und fand einen Eckplatz. Ich saß da und sah zum Fenster hinaus, als ich plötzlich Heather Armitage erblickte, die auf der Suche nach einem Sitzplatz in den jetzt schon vollen Wägen den Bahnsteig entlangeilte.

»Ich war den ganzen Tag einkaufen«, erklärte Heather überflüssigerweise, denn sie war mit mehreren schweren Tragetaschen beladen. »Und was hattest du hier zu tun?«

»Eine Gedenkfeier besuchen und mit einem alten Liebhaber zu Mittag essen.«

»*Caroline!*« Heather glaubte mir sichtlich nicht – jedenfalls nicht das mit dem Mittagessen.

»Es gab einen Gottesdienst für eine gewisse Esther Clovis«, sagte ich. »Alan meinte, daß einer von uns beiden hingehen sollte.«

Heathers Gesicht trübte sich. »Oje, hätte *ich* da wohl auch hingehen sollen? George hat davon nie etwas gesagt. Was *war* sie denn – ich meine, was hat sie *gemacht*?«

»Ich weiß es nicht genau – irgendwas bei einem Forschungszentrum.«

»War sie Bibliothekarin?« fragte Heather bange.

»Beim Gottesdienst war davon jedenfalls nicht die Rede.«

Heather war offenkundig erleichtert, fürchtete dann aber, daß Miss Clovis eine wichtige Bibliographie erstellt haben könnte, die es erfordert hätte, ihr nach dem Tode diese Ehrerbietung zu erweisen.

»George würde das natürlich wissen«, sagte sie, »und so etwas könnte man als eine Pflicht der Ehefrau ansehen, findest du nicht? Ich meine, eine Gedenkfeier besuchen gehört zu den Dingen, die man seinem Ehemann gut abnehmen kann.«

»Wie unzulänglich müssen wir sein, wenn das alles ist, was wir tun können«, erwiderte ich, aber als ich nach Hause kam, fragte ich mich, ob Heather nicht doch recht habe, denn Iris Horniblow und Alan saßen dort in unserem Wohnzimmer, »nach den Turbulenzen des Mittwochsseminars«, wie sie sich ausdrückten, etwas trinkend.

»Caro wird wohl auch ein Glas brauchen«, sagte Iris freundlich, »wenn sie bei der Gedenkfeier für die Clovis war.«

Sie schien ziemlich viel, ja mehr als nötig, zu sprechen. Auch ich redete viel, in dem ich ausführlich den Gottesdienst und mit einiger Übertreibung mein anschließendes Mittagessen mit David beschrieb. Ich dachte daran, daß ich, wenn mehr geschehen wäre, es wohl geheimgehalten hätte und Iris das merken mußte.

»Armes Mädchen«, sagte Alan, nachdem sie gegangen war.

»Du hast ein Verhältnis mit ihr!« platzte ich heraus. Ich hatte vorgehabt, ihn eines Tages zu provozieren, es ganz geschickt zu machen, aber mit solchen Situationen ist schwer umzugehen, und gerade diese war so abgedroschen, daß eine neue Version unmöglich schien.

»Mit Iris?« Alan wirkte ehrlich überrascht. »Sie ist sicher eine sehr fähige Frau, aber ich würde nicht mit ihr ins *Bett* gehen wollen.«

Das klang beruhigend, aber irgendwie traute ich ihm immer noch nicht. Wir schwiegen. Alan stand auf und begann, wie die Leute in der Literatur, im Zimmer auf und ab zu gehen.

»Caro, es *gibt* jemand«, sagte er, »aber es ist nicht Iris.«

Einen Augenblick lang war ich so erleichtert, daß ich nur den letzten Teil seiner Erklärung aufnehmen konnte. *Nicht* Iris Horniblow – ein Gefühl des Triumphes durchströmte mich. Dann wurde mir natürlich die volle Bedeutung des »nicht Iris« bewußt. Es *gab* jemanden, und zwar eine andere. Aber wer könnte das sein? Eine von seinen Studentinnen oder jemand für mich ebenso Erniedrigendes?

»Caro«, fuhr er fort, »erinnerst du dich noch, wie ich nach London gefahren bin, um die Sauerei in Ordnung zu bringen, die sie aus dem Diagramm in meinem Aufsatz gemacht hatten?«

»Ja, natürlich erinnere ich mich daran. Hast du da jemanden kennengelernt, im Zug oder so?«

»Nicht im Zug.« Er lächelte. »Rollo Gaunts Redaktionsassistentin, oder wie das heißt – dieses dumme Mädchen, das das Diagramm verpatzt hat.«

Er hatte einen närrisch verliebten Ton in der Stimme, und das fand ich mindestens so ekelhaft wie alles andere auch.

»Aber wann und *wo* – doch wohl nicht in Rollos Büro?«

»Nein, sie hat eine Wohnung.«

»Wie praktisch. Wie alt ist sie denn, und wie heißt sie?«

»Sie heißt Cressida – ungefähr in deinem Alter. Dabei ist sie ein hoffnungsloser Fall« – als ob ich das nicht auch wäre.

»Mit *so* einem Namen –« setzte ich bitter an.

Dann kam Inge von ihrem freien Abend zurück und ins Zimmer. Sie war im Au-Pair-Klub gewesen und trug ihre Nationaltracht. Alan machte ihr ein scherzhaftes Kompliment.

Als wir zu Bett gingen, dachte ich, Alan würde vielleicht auf der Couch in seinem Arbeitszimmer schlafen, das wir als Gästezimmer benutzten, aber er schien keine Veränderung im üblichen Ablauf der Dinge für nötig zu halten. Ich lag ganz starr auf meiner Seite des Betts, so nah am Rand, daß ich hinauszufallen drohte. Keiner von uns sprach ein Wort, bis Alan mich umarmte und sagte, daß so eine Geschichte doch zwischen uns nichts ändern würde – sie könnte unsere Ehe sogar irgendwie bereichern. Darauf schien es keine Erwiderung zu geben, die nicht falsch geklungen hätte.

Dreizehntes Kapitel

Am nächsten Morgen erwachte ich mit dem Gefühl, daß sich etwas verändert hatte. Dann fiel mir ein, was geschehen war, und es erstaunte mich, daß ich überhaupt geschlafen hatte.

Alan war mir untreu geworden, und wenn es eher passiert wäre, dachte ich, hätte ich mit Susan darüber sprechen können.

Ich stieg ganz vorsichtig aus dem Bett, ohne Alan im Schlaf zu stören, und trat ans Fenster. Die Kirchturmuhr fing an zu schlagen. Ich zählte mit und stellte fest, daß es erst sechs Uhr war. Wäre es sieben gewesen, dann hätte ich vielleicht, ja bestimmt etwas gefunden, womit ich mich hätte beschäftigen können, aber sechs war für uns keine Uhrzeit, oft allerdings für Kate. Ich hielt an der Tür zu ihrem Zimmer inne, als ich mich in hastig angezogenen Jeans und einer Bluse hinunterschlich, doch es war nichts zu hören.

Als ich nach draußen kam, war noch kein Mensch zu sehen, und mir war zumute, wie man sich vielleicht beim Weltuntergang fühlt. Die Luft war frisch, und es lag ein Gefühl der Erwartung darin, doch die Stille und Einsamkeit wurde durch eine gebückte Gestalt in einer Soutane gestört, die eilig in der Kirche an der Ecke verschwand. Um *diese* Zeit konnte doch kein Gottesdienst sein, überlegte ich mit einem unbehaglichen Gefühl.

Beim Aufwachen war es mein erster Gedanke gewesen, Alan zu entkommen; jetzt fragte ich mich, was ich denn nun als nächstes tun solle. Coco, das wußte ich, wäre ein teilnahmsvoller, ja eifriger Zuhörer gewesen, doch ihn um diese Zeit zu überfallen kam nicht in Frage. Weder er noch Kitty wären dem gewachsen. Ich erinnerte mich, wie er mir einmal erzählt hatte, daß sie morgens beide nicht so ganz auf der Höhe seien, als ob das nicht leicht zu erraten war. Er hatte etwas aus einer alten *Vogue* zitiert, wonach er wie die meisten von uns, die den Frühling des Lebens schon hinter sich haben, im Morgengrauen oder so um diese Zeit herum nicht gerade eine Schönheit war, und dasselbe mußte wohl erst recht für Kitty gelten. Dolly war offenbar die Richtige für diesen Besuch, und ich wußte, daß sie an einem so schönen Tag bestimmt schon aufgestanden und tätig war. Ich schlug die Richtung zu ihrem Cottage ein, wobei mich allmählich das Bedürfnis sowohl nach Kaffee als auch nach Mitgefühl überkam. Aber was konnte ich ihr, wenn es darauf ankam, denn eigentlich erzählen?

»Guten Morgen, Caro, was für eine angenehme Überraschung!«

Vor mir stand Crispin Maynard mit Hund und Enkelkind, eine Gestalt wie aus Wordsworths Welt. Bei seinem Anblick bekam ich zunächst einen Schreck, denn ich hatte nicht erwartet, irgend jemand mir Bekannten zu treffen, aber dann fiel mir ein, daß ältere Leute wie Crispin und Dolly immer früh aufwachten, und ich brauchte einfach nur zu sagen, was für ein wunderbarer Morgen, und ihm beizupflichten, dies sei der beste Teil des Tages.

Wir gingen nebeneinander her, und ich fragte mich, wohin er wohl wolle. Vielleicht fragte er sich in bezug auf mich das gleiche, und als er mir erklärte, daß er Prince frühmorgens immer im Wald ausführte, war ich um eine vergleichbare Erklärung für mein frühes Aufstehen verlegen. Schließlich waren die Umstände bei mir etwas ungewöhnlich, oder ich hoffte es wenigstens. Alan davongelaufen, hatte ich an diesem ersten Morgen noch keine Pläne, was ich in Zukunft morgens unternehmen sollte.

»Was machst du, wenn es regnet?« fragte ich.

»Ich zieh meinen Burberry an«, antwortete Crispin munter. »Und Prince ist es egal.«

Ebensowenig konnte das Wetter für das, was ich an diesem Morgen mit auf meinen Spaziergang nahm, von Bedeutung sein. Ob Regen oder Sonnenschein, es würde mich dennoch verfolgen.

»Wie steht's mit dem Zmorgen?« fragte Crispin, wobei er mich mit freundlicher Besorgnis ansah.

»Zmorgen?« Zunächst hatte ich keine Ahnung, was er meinte, dann begriff ich und erklärte, daß ich bei Dolly wohl etwas bekommen würde.

Er sah nicht überzeugt aus. »Kannst du es denn so lange aushalten?« fragte er. »Margaret wird das Frühstück jetzt schon fertig haben, du bist herzlich eingeladen.«

Ich zweifelte nicht daran, doch die Vorstellung, jemandem

gegenüberzutreten, der so ausgeglichen war und alles so prächtig im Griff hatte, während ich selbst mich in einem so miserablen Zustand befand und so schrecklich aussah, war mehr, als ich ertragen konnte.

»Dolly erwartet mich schon«, log ich. »Es geht um die Igel. Manchmal kann man frühmorgens die Jungen sehen.«

»Das würde Kate gefallen«, sagte Crispin, »und Emma auch.« Er deutete auf sein vor Freude hüpfendes Enkelkind. »Dazu müssen wir uns für einen anderen Morgen einmal verabreden.«

»Ja, das tun wir«, sagte ich. »Grüß doch bitte Margaret herzlich von mir.«

»Und du sag Alan, daß ich mich sehr darauf freue, seinen Aufsatz zu lesen. Weißt du, er hat mir angeboten, das Manuskript einzusehen«, fügte er in vertraulichem Ton hinzu. »Aber, liebe Caro, es langweilt mich jetzt so sehr, Manuskripte oder Druckfahnen zu lesen, dieses unhandliche, unsolide Zeug. Ich komme in das Alter, in dem man lieber anständig Gedrucktes liest. Das kannst du Alan sagen.«

Ich dachte schuldbewußt an Mr. Stillingfleets Manuskript, das oben in einer Schublade meiner Frisierkommode lag, wo es zwischen meinen Schals und Gürteln versteckt war wie ein schlimmes Buch im Schlafsaal auf der Schule.

Als ich schließlich bei Dollys Cottage ankam, war ich physisch und emotional am Ende, und als sie mich fragte, warum ich morgens um Viertel vor sieben zu ihr komme, brach ich in Tränen aus und beschrieb ihr unzusammenhängend und ein wenig übertreibend, was geschehen war. Hinterher schämte ich mich etwas und spürte, daß ich mich mit der Preisgabe seines Geheimnisses Alan gegenüber illoyal verhalten hatte und egoistisch dazu, denn ich hatte nicht bemerkt, daß auch Dolly etwas bedrückte. Es stellte sich heraus, daß einer ihrer Igel – ihr Liebling sogar – seit einiger Zeit nicht zum Fressen gekommen war, und gerade heute morgen hatte sie ihn tot im Laub gefunden.

Wir saßen da, tranken Nescafé, rauchten und bemitleideten uns gegenseitig. Ein treuloser Ehemann und ein toter

Igel – unvergleichbare Leiden, könnte man sagen, auf zwei gänzlich verschiedenen Ebenen. Und doch, es bestand ja die Hoffnung, daß Alan sich mir wieder zuwenden würde, der Igel dagegen kehrte nie mehr zurück.

»Es kommt doch wieder ein anderer«, sagte ich.

»Ja, aber nicht meine goldene Maeve, die alte irische Königin«, jammerte Dolly. »Möchtest du etwas essen?«

»Nein, ich gehe zum Frühstück wohl nach Hause. Aber was soll ich nur *machen*? Ach, Dolly, ich habe nie geglaubt, daß er das wirklich tun würde.«

Dolly sah mich mit einem Blick an, der aus sehr weiter Ferne kam, und kniff dann ganz eigentümlich die Augen zusammen, als ob sie sich zu erinnern versuche, wie es damals in den dreißiger Jahren gewesen war, wenn ihr ihre Liebhaber untreu waren. Aber vielleicht war das nie vorgekommen. Schließlich schenkte ihr einer von ihnen noch immer seine alten Kleidungsstücke für ihre Wohltätigkeitsbasare.

»Das sollte doch auf eure Ehe keine Auswirkungen haben«, sagte sie endlich. »Eure eigentliche Beziehung besteht doch noch. Es könnte ihr sogar etwas Neues hinzufügen.«

Damit sagte sie ziemlich genau das, was Alan spät in der Nacht im Bett gesagt hatte. Ich kam mir dumm und weltfremd vor und dachte, daß ich das nächste Mal es besser wissen würde. Vielleicht hätte Kitty eher verstanden, wie demütigend es war, wenn einem jemand anders vorgezogen wurde.

Ich ging und ließ Dolly um den toten Igel trauern und Yeats-Zitate murmeln. Zum ersten Mal, seit ich sie kannte, hatte ich das Gefühl, von ihr im Stich gelassen worden zu sein. Offenbar konnte man nicht erwarten, daß die Gefühle der Menschen über die Jahre hinweg nicht an Intensität verlören.

Als ich nach Hause kam, saßen sie gerade beim Frühstück, oder vielmehr am Frühstückstisch. Die Milch für den Kaffee, auf die Alan aufpassen sollte, war übergekocht, und er und

Inge fummelten beide mit einem Lappen herum. Es roch abscheulich angebrannt.

»Milch ist übergekocht«, jammerte Inge, und Kate, für die es nach Aufregung roch, schlug mit ihrem Löffel auf ihre Cornflakes-Schüssel.

»Du hättest eben dieses Glasmurmel-Ding nehmen sollen, das Mutter uns geschenkt hat«, sagte ich kalt.

»Was für ein Ding und wessen Mutter – deine oder meine?«

»Deine, als sie das letzte Mal hier war. Man tut es in den Topf, und dann kann nichts überkochen.«

»Ach so, na ja...« Alan machte eine hilflose Geste mit seinem Lappen. »Wo *warst* du denn nur?« fragte er mich leise.

»Ich bin spazierengegangen und habe Dolly besucht«, erklärte ich, erstaunt und erfreut über die Gelassenheit, die sich meiner bemächtigt hatte.

»Ja, das hatte ich mir gedacht. Sonst ist mir niemand eingefallen, der so früh aufsteht.«

»Du hast also tatsächlich nachgedacht.«

»Ja, sicher hab ich das, ich habe mir Gedanken gemacht.«

Inge kam mit dem Kaffee. Mit ihrem blonden Haar und den wasserblauen Augen sah sie gesund und kräftig aus. Ich fragte mich, ob Alan sich ihr wohl jemals genähert hatte oder in ihr Dachzimmer hinaufgekrochen war, um dort mit ihr zu schlafen. Nüchtern sah ich ihn als einen Lustmolch vor mir – Inge, Iris, dieses Mädchen in London – wie viele mochten es wohl noch gewesen sein?

»Wie ging es Dolly denn?« erkundigte er sich, als ob ihn das interessierte.

»Ihr Lieblingsigel ist gestorben«, erwiderte ich.

Kate verzog das Gesicht und stieß einen lauten Heulton aus. Mir war daran gelegen gewesen, ihr anhand von Vögeln und kleinen Tieren eine Vorstellung vom Tod zu vermitteln, und eine ganze Reihe davon hatten wir in Schuhkartons mit Moos und Blumen begraben.

»Gestorben«, heulte sie.

»Ist tot das kleine Igel-Schwein«, meinte Inge.

Alan warf mir einen Seitenblick zu, aber ich aß einfach weiter meinen Toast. Schließlich war Kate wieder still, und Inge brachte sie hinaus.

»Ich hab Crispin auf meinem Spaziergang getroffen«, sagte ich. »Er freut sich darauf, deinen Aufsatz zu lesen, wenn er erscheint. Schade, daß er dann nicht mehr in Italien ist – da würde er wohl nur so in der Zeitschrift blättern und dabei in Muße auf seiner *terrazza* Wermut trinken, und daß du dieses ganze neue Material hattest, das er selber nicht bekommen konnte, wäre ihm dann völlig egal.« Ich war in Tränen ausgebrochen.

»Caro, es ist doch nicht wichtig. Kannst du denn nicht verstehen, daß es mit uns beiden im Grunde gar nichts zu tun hat?«

»Ich muß fort«, sagte ich. »Ich nehme Kate zu meiner Mutter mit, und Inge kann früher nach Schweden zurück.«

»Ja, wenn du möchtest«, willigte Alan ein, »aber du weißt doch, daß du dich immer über deine Mutter ärgerst, und willst du dich wirklich ohne Inges Hilfe mit Kate abplagen?«

»Und dann suche ich mir eine Arbeit«, sagte ich trotzig. »Ich geh zur Bibliothek und bitte Dr. Cranton, mich für vormittags einzustellen.«

»Das wird er sicherlich gerne tun«, sagte Alan, »aber bitte, Caro, überstürze nichts. Hals dir nichts auf, was dir nicht gefällt.«

»Ich kann ja nicht wissen, was mir gefällt, bevor ich es ausprobiert habe«, sagte ich kindisch.

Ich ging in unser Zimmer hinauf. Daß es von mir erwartet würde, unser Bett zu machen, erschien mir als eine Ungeheuerlichkeit, und so ließ ich es, wie es war. In seiner mutwilligen Unordentlichkeit sah es richtig herausfordernd aus. Ich zog mir etwas Anständigeres an und schminkte mich. Dann rief ich Coco an und lud mich selbst zum Mittagessen ein. Er schien die Aussicht darauf, mich zu sehen, beinahe aufregend zu finden. Konnte er denn schon etwas gehört haben? überlegte ich.

»Dolly hat Mutter angerufen«, verkündete Coco. »Sie hat erzählt, du hättest heute morgen um sieben Uhr im Zustand der Verzweiflung bei ihr vor der Tür gestanden. *Im Zustand der Verzweiflung*«, wiederholte er mit Nachdruck, »genau so hat sie es ausgedrückt. Darum haben wir uns natürlich Gedanken gemacht, und ich habe gehofft – ja, schon erwartet –, daß du mich anrufst. Ich hab quasi neben dem Telephon gesessen.«

Wir aßen auf dem Land zu Mittag, ein paar Meilen außerhalb der Stadt, nicht in einem dieser unverfälschten Wirtshäuser, in denen man noch mit den Leuten aus der Gegend Brot und Käse essen konnte, sondern in einem herausgeputzten Lokal, wo amerikanische Touristen auf dem Weg nach Hereford und Wales Halt machten, um ein gutes englisches Essen in geschmackvollem antikem Interieur zu genießen, wo selbst an diesem Sommertag ein diskreter warmer Luftzug hinter der Wandtäfelung hervorströmte.

Wir waren fast schweigend hierhergefahren und hatten zunächst an der Bar etwas getrunken, noch ohne etwas anderes als Trivialitäten auszutauschen. Jetzt, als wir an einem Tisch in der Ecke saßen, fern von den anderen Leuten, merkte ich, wie gespannt Coco darauf wartete, ins Vertrauen gezogen zu werden, den Grund zu hören, warum ich Dolly um sieben Uhr früh besuchen ging, *alles* zu erfahren.

»Im Zustand der Verzweiflung...« Er schien von dem Ausdruck fasziniert. »Caro, das *paßt* gar nicht zu dir. Ich fürchtete schon, Kate könnte vielleicht irgend etwas zugestoßen sein?«

»Ja, daß etwas mit dem Kind geschehen wäre, fällt einem wohl als erstes ein«, pflichtete ich ihm bei, indem mir wieder zu Bewußtsein kam, daß ich ja Mutter war.

»Aber dann habe ich zu Mutter gesagt, daß du mich in dem Fall doch nicht angerufen hättest, um mit mir zum Mittagessen auszugehen – dann wärest du doch lieber bei ihr geblieben.«

»Ja, das wäre wohl das natürliche Verhalten einer Mutter«, sagte ich unsicher. »Nein, Coco, es war Alan. Wir haben uns gestritten.«

»Oh.« Er klang enttäuscht. »Ich dachte, es sei etwas sehr viel Ernsteres.«

»Alan und ich streiten uns nie – das *ist* etwas Ernstes bei uns.«

»Aber *worüber* denn? Caro, du mußt es mir erzählen. Wie soll ich dir denn helfen, wenn du mir nicht wirklich *alles* sagst?«

Eine Kellnerin kam, um unsere Teller abzuräumen. Ich hatte kaum etwas gegessen und schämte mich, daß ich mit dem Fleisch nur herumgespielt hatte und es noch auf meinem Teller lag. Vielleicht würde irgendein Tier in der Küche das zu schätzen wissen.

»Komm, wir essen noch ein Eis«, sagte Coco kindisch. »Was möchtest du denn anschließend machen?«

»Spazierengehen, glaube ich. Hier kann man nicht richtig reden.«

Coco hätte sich lieber ins Auto gesetzt, aber er folgte mir doch widerstrebend auf einem Weg hinter dem Gasthaus in den Wald hinein. Bei seinem Abscheu und seiner Angst vor der Natur war es gewiß nicht zu erwarten, daß ihn die Schönheit der unzähligen Glockenblumen und das zarte Grün des jungen, halb aufgerollten Farns begeistern würden.

»Hier kannst du es mir erzählen«, sagte er, als wir zu einer kleinen Lichtung kamen, die angemessen entlegen schien. »An diesem Plätzchen wird uns niemand hören.«

»Ich weiß nicht, ob ich es dir erzählen *kann*«, sagte ich und ließ mich ins Gras fallen.

»Caro, ist der Boden nicht feucht? Bestimmt ist er das. Worauf sollen wir sitzen?«

Ich hatte einen leichten Sommermantel an, den ich auszog und auf der Erde ausbreitete.

»Ruiniert es deinen Mantel nicht, wenn du ihn ins feuchte Gras legst?«

»Ach, das macht nichts – und so feucht ist es gar nicht.«

Coco saß ganz verkrampft, als ob er sich nicht schmutzig machen wolle, und ich legte mich zurück und blickte in die Zweige eines Baumes hinauf, wo ich durch das Blattwerk den Himmel sehen konnte. Das gefiel mir, und gern hätte ich die Stille und den Frieden mit Coco genossen, ohne reden zu müssen, aber ich merkte, daß er noch immer gespannt war und bereit, mir mit seinen Fragen auf die Sprünge zu helfen.

»War Alan rücksichtslos zu dir? Hat es irgend etwas mit Iris zu tun?«

»In gewisser Hinsicht, ja.«

»Er hat dich doch nicht geschlagen – Gewalt angewandt?«

»Alan?« Ich lächelte über die Vorstellung, und mein Lächeln schien Coco zu irritieren.

»Laut Dolly muß es etwas ganz Schreckliches gewesen sein – etwas, was dich sehr verstört hat.«

»Er hat mir erzählt, daß er in London mit einer jungen Frau im Bett gewesen ist«, sagte ich barsch.

»*Caro!* Mit einer Prostituierten? Aber *warum*? Das ist doch heutzutage nicht mehr nötig, wo die jungen Frauen so viel entgegenkommender sind. Ah, ich verstehe – es war tatsächlich Iris, und sie sind nachmittags in ein Hotel gegangen, wie ich schon vermutet hatte! Du weißt doch noch, ich habe dir gesagt, daß die Männer so etwas tun.«

Ich schloß die Augen. Ich wünschte mir, Coco würde nicht so viel und so gleichgültig daherreden. Ich hörte, wie er sich über die praktischen Schwierigkeiten einer solchen Situation ausließ und wie er rätselte, ob man zu so einem Zweck wohl ein Zimmer im Savoy oder Hilton bekomme oder in dem Hotel in Kensington neben dem Antiquitätengroßmarkt (Caro, meine Liebe, stell dir *das* bloß vor!). Oder lagen solche Hotels wohl stets in den schmierigen, heruntergekommenen Gegenden um größere Bahnhöfe herum?

»Es war nicht Iris«, sagte ich, um das klarzustellen. »Es war eine junge Frau, die er kennengelernt hat, keine Prostituierte, und sie sind in ihre Wohnung gegangen.«

Ich wünschte mir jetzt, ich hätte überhaupt nichts davon gesagt, aber nun war es zu spät, und die Strafe für meine

Indiskretion und Illoyalität war, daß ich nicht den erhofften Trost bekam. Ich hatte das Bedürfnis, mit liebevollen Worten und zärtlichen Gesten umsorgt zu werden, aber das konnte ich doch von Coco kaum erwartet haben. Und doch beugte er sich jetzt über mich; es lag Besorgnis in seinen dunklen Augen, und sein Gesicht war dem meinen näher gekommen. Ich wartete erstaunt und verlegen, denn ich erkannte, daß mir Coco in einer Situation wie dieser nichts bedeutete. Ich hielt den Atem an und wünschte, er wäre mir nicht so nahe gekommen.

»Caro«, sagte er besorgt, »du hast da ein Insekt auf deinem Kleid. Laß es mich wegmachen.«

»Oh – wo denn?« Ich fuhr hoch. Mit unendlicher Sorgfalt entfernte Coco das Insekt von meiner linken Brust, denn, betonte er, wenn man es einfach wegwischte, könnte man es zerdrücken, und das würde Spuren hinterlassen.

»Hoffentlich hat es keinen Fleck gemacht«, sagte er. »Ich hab versucht, es vorsichtig wegzunehmen. Zur Sicherheit solltest du es, wenn du nach Hause kommst, noch leicht mit einem feuchten Tuch abreiben.«

»Ach, das macht nichts«, sagte ich ärgerlich. Der Nachmittag ging seinem Ende entgegen, und die Illusion, der ganzen Sache durch ein Mittagessen auf dem Lande mit Coco entkommen zu können, war nicht unbegrenzt aufrechtzuerhalten, und schon bald würde ich Alan wieder gegenüberstehen.

»Sollen wir heimfahren?« schlug ich vor.

Coco stand nur zu bereitwillig auf.

»Ja, komm«, willigte er ein und führte mich mit übertriebenem Eifer auf dem Weg durch den Wald zum Wagen zurück. Vielleicht war der Nachmittag eine Enttäuschung für ihn gewesen; die Erwartungen, die mein Eintreffen bei Dolly in völliger Verzweiflung geweckt hatte, hatten sich kaum erfüllt. Auch für mich war es enttäuschend gewesen, wenn ich auch nicht soviel erwartet hatte. Es war ja mein eigener Fehler, zu glauben, daß Coco mir in einer solchen Situation irgendwie helfen könnte.

Auf der Heimfahrt stellte ich mir vor, ich wäre bei meiner

Schwester in London und irgendeine Person, von der ich mir in diesem Moment kein genaues Bild machen konnte, würde sich umständlich um mich bemühen.

»Hast du schon eine Scheidung erwogen?« fragte Coco. »Das wäre doch das beste, oder?«

Ich muß sehr erschrocken ausgesehen haben, denn an Scheidung hatte ich keinen Augenblick gedacht, und Coco sprach weiter davon, wie schwierig eine Fassade aufrechtzuerhalten sei und der Anschein, daß alles in Ordnung wäre, wenn dem doch nicht so war.

»Sogar Mutter kennt diese Probleme«, vertraute er mir an. »Eine so schöne Frau wie Mutter!« sagte er, als wolle er den Unterschied zwischen uns beiden betonen. »Und es war noch schlimmer für sie, denn unter den Frauen waren sogar Schwarze.«

»Wurde es dadurch schlimmer? Ja, auf der Insel vielleicht. Hier dürfte es wohl kaum einen Unterschied machen.«

»Aber ein *kleiner* Unterschied wäre es doch, nicht wahr, Caro? Selbst du und Alan, so liberal und antirassistisch ihr seid, müßt das doch merken.«

Ich war verwirrt und begann zu überlegen, ob die junge Frau, von der Alan mir erzählt hatte, wohl schwarz gewesen sei. Und ob das irgend etwas ändern würde.

»Caro, du kannst doch nicht mit einer Lüge leben«, sagte Coco gerade. »Es paßt doch nicht zu dir, mit einer Lüge zu leben... *Ich* meine ja, du solltest für eine Weile zu deiner Mutter ziehen. Da bist du jetzt gut aufgehoben.«

»Du kennst meine Mutter nicht«, protestierte ich. Und dennoch spürte ich, daß er gar nicht so unrecht hatte. Meine Mutter zu besuchen war eine angenehmere Vorstellung als die, mit meiner Demütigung zu Susan nach London zu fahren, und als ich nach Hause kam, stand mein Entschluß fest. Kate würde ich mitnehmen, Inge würde in Schweden ihre Ferien verbringen, und Alan würde allein sein und tun können, was er wollte. Vielleicht hatte sich in ein oder zwei Wochen das ganze Problem auf die eine oder andere Weise von selbst gelöst.

Fünfzehntes Kapitel

Heirate nicht, wenn die Blätter fallen,
Müh und Elend bringt es allen ...

Der alte Vers wollte mir nicht aus dem Kopf, als ich mit Kate im Zug saß und zu meiner Mutter fuhr. Nicht daß irgend jemand es sich tatsächlich erlaubt hätte, das auch nur im Scherz zu sagen, aber es herrschte doch der Eindruck, daß ich eine bessere Partie hätte machen können. Meine Mutter hatte ihre Enttäuschung über David, den aufsteigenden jungen Politiker, den idealen Schwiegersohn, nur schwer verbergen können. Und doch war Alan auf seine Weise genauso ehrgeizig gewesen, und jetzt konnte man sagen, daß er ebenso erfolgreich wie David war, nur eben auf einem anderen Gebiet.

»Was machen denn eure Studenten?« erkundigte sich meine Mutter vorsichtig, als wir zum Auto auf dem Bahnhofsparkplatz gingen. Sie hatte es noch nicht über sich gebracht, mich nach Alan zu fragen. Ich konnte ihr sagen, daß sie zur Zeit ruhig zu sein schienen.

Dann sprudelte Kate los mit etwas über Daddy, oder vielmehr Daddys Auto. Es hatte irgend etwas, was Grannies Auto nicht hatte, und das beschäftigte uns für eine Weile, aber es brachte natürlich die Rede auf Alan, und ich mußte die sorgfältig zurechtgelegte Geschichte erzählen, daß wir die Idee gehabt hatten, die Ferien dieses Jahr vielleicht einmal getrennt zu verbringen, wie es ja *viele* Leute taten. Tatsächlich hatte ich dadurch einmal die Gelegenheit, sie mit Kate allein zu besuchen – in ihrem Cottage war eigentlich nie genug Platz für uns drei –, und es würde sicher *herrlich* werden. Dieses fabelhafte *Wetter*, hoffentlich bleibe es so. Und wenn ich Kate bei ihr lassen könne, dann würde ich vielleicht sogar Susan für ein paar Tage in London besuchen.

Meine Mutter schien begeistert zu sein. »Kate bleibt bei Grannie«, erklärte sie. Kate sah mit gerunzelter Stirn zu mir auf. Ich wechselte rasch das Thema.

Meine Mutter hatte das Cottage erst nach dem Tod meines

Vaters bezogen, als ich schon nicht mehr im Hause war, so daß es keine Jugenderinnerungen barg. Ich mußte nicht befürchten, in meinem alten Zimmer schlafen zu müssen oder im Schrank mein Lieblingsspielzeug zu finden. Im Gästezimmer standen zwei Ausziehbetten, und nichts war davon zu spüren, daß hier einmal jemand gelebt und gelitten, ins Kissen geweint oder gelacht oder geliebt hätte. Und doch war es ein altes Haus – in diesem Zimmer mußten Leute geboren worden und womöglich sogar gestorben sein, aber sie hatten keine Spuren hinterlassen.

»Das Bett am Fenster ist ein bißchen breiter, darum dachte ich, du schläfst da«, sagte meine Mutter gerade.

Ich sah mich zufrieden um, in der Gewißheit, daß alles, was ich nur wünschen oder brauchen könnte, in diesem Zimmer für mich bereitstand, selbst Dinge, die mir niemals in den Sinn gekommen waren. Besuch zu haben war eines der wichtigsten Dinge im Leben meiner Mutter, und inzwischen war sie eine hervorragende Gastgeberin. Lediglich Kates Anwesenheit mochte das Angenehme und Wohltuende meiner Umgebung vielleicht etwas beeinträchtigen. Schon hatte sie die Keksdose auf dem kleinen Tisch zwischen den Betten entdeckt und versuchte den Deckel abzubekommen, wobei sie »Kekse, Kekse« schrie.

»Wie himmlisch wird es sein, wenn sie erst ein bißchen älter ist und wir uns richtig unterhalten können«, bemerkte ich.

»Habt ihr nie daran gedacht ...« fing meine Mutter an.

»Noch ein Kind zu bekommen. Nun, vielleicht ja, eines Tages.« Doch dieser Tag schien jetzt ferner denn je. Mir fiel ein, wie Susan an jenem Ostermorgen auf der Bank vom Gemeinderat gesessen und mir von ihrer Abtreibung in Kilburn berichtet hatte, und plötzlich tat mir meine Mutter leid, von der das alles ferngehalten worden war.

»Tja, unten gibt es was zu trinken, wenn du fertig bist«, sagte meine Mutter munter. »Wann ißt Kate denn immer ihr Abendbrot?«

Als wir Kate versorgt hatten, als sie gebadet und ins Bett

gebracht und die Keksdose versteckt war, konnten wir etwas trinken und es uns in dem sicheren Gefühl gemütlich machen, daß im Ofen etwas stand, was nicht verkochen würde. Es war die Zeit für ein vertrauliches Gespräch, doch alles, was ich sagen konnte – und das war wohl so eine Art Geständnis –, war: »Was meinst du, mit wem ich vor ein paar Wochen zu Mittag gegessen habe?«

»David?« fragte meine Mutter beinahe hoffnungsvoll, als ob sich selbst jetzt noch etwas daraus ergeben könnte.

»Ja. Ich hab ihn zufällig getroffen, als ich gerade aus einer Kirche von einer Gedenkfeier kam. Wir hatten ein sehr nettes Mittagessen zusammen.«

»Und er hat immer noch nicht geheiratet?«

»Nein. Ich glaube, er hat noch niemand Passendes gefunden.«

»Wie schade...« Meine Mutter schien außerstande fortzufahren. »Weißt du, so etwas kommt wohl ziemlich häufig vor. So viele Frauen müssen sich mit zweiter Wahl begnügen. Wahrscheinlich habe ich gehofft, daß du und Susan das besser machen würdet als ich.«

Ich sah sie erstaunt an. Mein Vater war ein durchschnittlicher, nicht besonders interessanter Mann gewesen, doch es war mir nie in den Sinn gekommen, daß er, wie meine Mutter es jetzt anzudeuten schien, nur zweite Wahl gewesen sei. Es war mir peinlich, und ich wußte nicht, was ich sagen sollte. Zum Glück half meine Mutter mir aus der Verlegenheit.

»Oh, ja«, sagte sie gelassen. »Ich war in einen andern verliebt, als ich deinen Vater geheiratet habe.«

»Wer war es denn? Doch wohl nicht jemand, den ich *kenne*?«

Ein ziemlich selbstzufriedenes kleines Lächeln zeigte sich auf ihrem Gesicht. »Nicht persönlich, vielleicht, aber du hast ihn wohl oft im Fernsehen gesehen.«

Sie nannte mir den Namen eines ziemlich gutaussehenden, offenherzigen Geistlichen, der häufig – ohne seinen Priesterkragen – in kontroversen Sendungen auftrat.

Ich staunte, und sie freute sich darüber. Wieder wußte ich nichts zu sagen. Ich begriff, daß sie zwischen sich selbst und diesem Mann und mir und David eine Parallele zog. Sie hätte die Frau einer Fernsehberühmtheit werden können. Ich die eines Parlamentsmitglieds. Nun aber war sie die Witwe eines Bankdirektors und ich die Frau eines Dozenten an einer Provinzuniversität.

»Tja«, sagte ich schließlich, »so ist wohl das Leben, nicht wahr?«

Daraufhin erhob sie sich und ging in die Küche, um das Essen zu holen, und ich saß da und dachte über ebendiesen Aspekt des Lebens nach, mit vom Alkohol ein wenig getrübter Auffassungskraft, so daß ich mich in einem Moment eiligst zu Alan zurücklaufen und mich in einer wunderbaren Szene mit ihm versöhnen sah, und im nächsten, wie ich nach David suchte und mich ihm anbot. Aber wie eigentlich? Ich wußte ja nicht einmal, wo er wohnte.

Als ich am nächsten Morgen die Augen aufschlug, war ich im ersten Moment in Panik, ahnungslos, wo ich war, und unfähig in dem fremden Zimmer irgend etwas Vertrautes zu entdecken. Dann rief Kate nach mir, und ich erinnerte mich wieder. Ich sah Stunden und Tage, ja vielleicht sogar Wochen vor mir, alle von gänzlicher Leere. Womit sollte ich sie ausfüllen?

Nach dem Frühstück gingen wir einkaufen und tranken dann in der Alten Schmiede Kaffee. Zwei Frauen, die noch vor kurzem in London gearbeitet hatten und jetzt pensioniert worden waren, kamen zum Mittagessen. Sie waren recht nett, unverheiratete Schwestern, die eine Ende Fünfzig, die andere gerade Sechzig. Sie führten ein bewundernswert rühriges Leben, nahmen an allem Möglichen teil und freuten sich, daß sie nun Zeit für all das hatten, was sie seit jeher schon tun wollten. Ich betrachtete sie voll Neid, als sie von der Neugestaltung ihres Gartens sprachen, und der Autotour durch Shropshire, die sie für später in diesem Jahr geplant hatten. Sie sahen noch immer gut aus, und eine von ihnen war gewiß einmal schön gewesen. Bestimmt hatten sie geliebt zu ihrer Zeit, hatten jemanden geliebt und verloren und waren doch unversehrt daraus hervorgegangen.

Nach dem Tee erklärte meine Mutter mir gleichsam entschuldigend, in dieser Woche sei sie an der Reihe, die Blumen in der Kirche herzurichten, daß ich aber nicht unbedingt mitkommen müsse – vielleicht würde ja Kate ihr gern helfen? Ich sah hier eine Möglichkeit, mir die Zeit zu vertreiben, und so ging ich mit, die Arme voller Rittersporn und Iris und grüner, junger Buchenzweige. Wir betraten die Kirche und entfernten die alten Blumen, die ihre Blütenblätter schon auf den Steinfußboden fallen ließen. Wie die meisten Leute, die nicht zur Kirche gehen, befiel mich in diesem Gebäude eine gewisse Hemmung und undefinierbare Angst, so daß ich die Stimme senkte und Kate davon abhielt, umherzulaufen und auf Entdeckungsreisen zu gehen. Meine Mutter, die vor ihrem Umzug ins Dorf auch nicht gerade eine eifrige Kirchgängerin gewesen war, schien hier viel eher zu Hause zu sein, wie sie so geschäftig mit den Sträußen aus Blumen und Zweigen umherlief und sie zu einem ähnlichen Blumenarrangement in die Vasen zu stecken begann, wie es mir bei der Gedenkfeier für Esther Clovis aufgefallen war. Kate war glücklich und beschäftigt und streichelte einen kleinen Marmorhund, den sie auf einem Grabmal entdeckt hatte, wo er seinem Herrn zu Füßen lag. Bei meinem Mangel an künstlerischer Begabung konnte ich mich lediglich anerbieten, die Krüge und Vasen mit Wasser zu füllen, wozu man zum Wasserhahn hinter der Kirche gehen mußte.

Dort lag eine Art Niemandsland mit hohem Gras, Brennnesseln, Sauerampfer und einem Schuppen, durch dessen offene Tür man alte Vasen und angeschlagene Keramikkrüge sah und ein komisches grünes Metallgestell, mit dem man Blumen auf Gräbern befestigen konnte. Auch einige abgenutzte rote Betkissen lagen herum, aus denen die Füllung quoll, und eine offenbar religiöse Statue, alt, aber wohl kaum eine Antiquität, eine schlecht bemalte Darstellung irgendeines mir unbekannten Heiligen. Ich füllte die Vasen am

Wasserhahn und war gerade im Begriff, mich wieder zu entfernen, als ich auf der anderen Seite im hohen Gras eine Bewegung zu hören meinte. Ich blieb stehen und starrte hinüber, erkannte dann, daß es ein Liebespaar war, und eilte mit abgewandtem Gesicht an ihnen vorbei, wie man das eben so macht. Der Anblick hatte, mit all der Bedeutsamkeit, die er für mich besaß, etwas Verstörendes. Wieder in der Kirche, versuchte ich mich an den Buchenzweigen, die störrisch waren und sich nicht so hindrehen wollten, wie wir es wünschten.

»Kann ich Ihnen helfen?« fragte eine Männerstimme. Jemand, den ich für den Vikar hielt, stand neben uns.

Einen Augenblick dachte ich daran, ihn beim Wort zu nehmen und ihn, als wäre er ein Eheberater, zu bitten, mir bei der Aussöhnung mit Alan zu helfen. Doch gerechterweise konnte ich natürlich nicht erwarten, daß er mir mehr anbieten wollte, als die Buchenzweige zu halten, während ich versuchte, die Blumen um sie herum zu arrangieren. Er war ein recht elegant aussehender Mann um die Sechzig und fühlte sich in der Anwesenheit von Frauen offenbar sehr wohl. Auf dem Heimweg erkundigte ich mich bei meiner Mutter nach ihm, doch sie murmelte bloß, daß er so etwas wie eine Reihe Eins oder Reihe Zwei – ich vergesse es immer – eingeführt habe, während alle im Dorf den Gottesdienst lieber beibehalten hätten, wie er war. Wie beschränkt doch unser Leben wird, dachte ich, und obwohl ich erst halb so alt wie meine Mutter war, spürte ich bereits, daß auch meines immer beschränkter wurde.

An diesem Abend klingelte das Telephon. Ich hoffte, es sei Alan, doch es war Coco. Er mache sich solche Gedanken – und auch Kitty frage sich natürlich –, wie es mir wohl gehe. Es sei ja so eine gute Idee gewesen, zu meiner Mutter zu fahren, fanden sie beide, aber natürlich warte er sehnlichst auf meine Rückkehr. Sie hätten recht heißes Wetter gehabt, und Kitty habe auf einem Gartenfest in einem nahen Dorf ihr weißes Kleid getragen. Es käme in England doch so selten vor, daß man Weiß tragen könne.

Ich stand mit dem Hörer in der Hand da und hielt ihn mir vom Ohr weg, während Cocos Stimme weiterredete.

»Ich habe mitgeholfen, die Blumen in der Kirche herzurichten«, sagte ich, »und den Vikar kennengelernt.«

»Kann ich denn irgend etwas für dich tun?« fragte er hoffnungsvoll.

»Nein, Coco, danke«, sagte ich mit fester Stimme. »Es war sehr nett von dir, an jenem Tag auf meine Bitte hin mit mir zum Mittagessen auszugehen.«

»Es war mir ein Vergnügen.« Cocos Stimme bekam einen besorgten Ton. »Ich hoffe nur, dieses Insekt hat keinen Fleck auf deinem Kleid zurückgelassen. So etwas ist doch ausgesprochen ärgerlich. Mutter läßt dich herzlich grüßen und Dolly natürlich auch. Paß auf dich auf.«

Meine Mutter fragte sich laut, von wem wohl der Anruf gewesen sei, und da ich mich außerstande fühlte, ihr Coco zu erklären, nahm sie an, es sei eine Freundin gewesen. Das schien mir nicht gänzlich unzutreffend, und darum ließ ich es dabei bewenden.

Am nächsten Morgen begleitete ich meine Mutter zur Kirche, und ich hielt das für eine gute Gelegenheit, um Kate dort einzuführen. Wie die meisten liberal denkenden Menschen meiner Generation war ich sehr dafür, den Kindern die Möglichkeit zum Anschluß an jegliche Religion, die sie anzog, zu geben, obwohl ich mir, nicht ohne Schuldgefühle, darüber im klaren war, daß weder Alan noch ich bisher viel dafür getan hatten. Doch Kate war ja noch klein und stellte bis jetzt noch keine Fragen. Ich hatte ihr erzählt, daß die toten Vögel und Spitzmäuse, die wir begraben hatten, und Dollys Igel alle unter der Erde schliefen, und damit schien sie zufrieden zu sein. Aber ob das reichte? fragte ich mich besorgt, als wir in der Kirche saßen. Könnte es nicht sogar falsch und bedenklich sein? Kate stellte jetzt die Welt vielleicht noch nicht so sehr in Frage, aber es war nicht zu erwarten, daß sie immer alles akzeptieren würde, was ich ihr erzählte.

In der Kirche saß sie still, offensichtlich fasziniert davon, was oben am Altar geschah, denn dieses war eine hochkirchliche Gemeinde, und dem Vikar halfen drei Ministranten. Ich fand es »interessant« und hätte gern etwas dabei empfunden. Ich lauschte den Gebeten und war verblüfft über die Worte »erleuchte mit deinem Geist alle Stätten der Bildung und des Lernens«, wobei ich an meine eigene Universität mit ihrem interkonfessionellen Versammlungshaus dachte und die tote Taube im Wasser liegen und die obszöne Schmiererei auf der modernen Plastik vor mir sah. Man sollte meinen, daß eine Erleuchtung darüber kaum hinausgehen könne.

Sechzehntes Kapitel

Meine Schwester Susan genoß die Verkommenheit des Viertels, in dem sie wohnte – den abbröckelnden Stuck oder die grellen Farben der Häuser, die Straßenmärkte mit den Jamswurzeln und grünen Bananen an den Ständen, die Nächte, die von lauter Musik und geräuschvollen Streits gestört wurden. Dort brodelte das Leben – schwarz, braun, gelb und weiß – und bot all die Probleme, für die sie sich interessierte – die Beziehungen zwischen den Rassen, schlechte Wohnverhältnisse, die irische Frage, minderjährige ledige Mütter, Mischehen und vieles mehr.

»Wenn du und Alan doch nur nicht so *zivilisiert* wäret...« klagte sie. »Würdet ihr doch nur schreien und mit Sachen werfen und dann ins Bett stolpern und euch wieder versöhnen. Ihr seid so kalt und englisch und provinziell – habt Angst, das Au-Pair-Mädchen könnte etwas hören, oder die Nachbarn vielleicht!«

Wir saßen im Bus und fuhren die Harrow Road entlang. Ich war an den Rand der Sitzbank gedrängt, von der eine ausladende, fröhliche, ganz in blasses Türkisblau gekleidete Westinderin drei Viertel einnahm. »Und Negerdamen in weißen Musselingewändern«, dachte ich und wunderte mich, wo die Zeile wohl herkam. Susan saß einen Sitz weiter vorn, und ich wünschte, sie würde nicht so unbefangen über meine Privatangelegenheiten sprechen und mit ihrer klaren, lauten Stimme die Ratschläge nach hinten schreien, so daß es der ganze Bus hören konnte, auch wenn ich zugeben mußte, daß anscheinend niemand auch nur die geringste Notiz davon nahm.

»So sind Alan und ich eben nicht«, protestierte ich mit leiserer Stimme. »Nicht, daß wir ganz so zivilisiert wären oder uns um die Nachbarn kümmern würden, aber es paßt nun einmal nicht zu uns, zu schreien und mit Dingen um uns zu werfen.«

Eigentlich hatte ich ihr nicht viel über Alan und mich erzählen wollen, aber natürlich war zuletzt doch alles herausgekommen, sogar Einzelheiten wie die übergekochte Milch an jenem Morgen, Iris Horniblow und die künstliche Rose und dieses Mittagessen mit Coco und das Insekt auf meinem Kleid. Ich war zurückhaltender, was Cressida betraf, aber am Ende erzählte ich Susan auch von ihr, und sie nickte und lächelte gleichsam zufrieden, als sämtliche Details von Alans Untreue vor ihr ausgebreitet waren. Sie hatte erwartet – ja vielleicht sogar gehofft –, daß etwas in der Art passieren würde.

»Schließlich seid ihr jetzt ungefähr sieben Jahre verheiratet«, stellte sie fest. »Es ist ein Wunder, daß so was nicht schon früher geschehen ist, oder ist das schon mal vorgekommen?«

»Ich weiß es nicht. Vielleicht ja.«

»Wirst du diese Cressida aufsuchen – ein Treffen arrangieren oder so?«

»Ich weiß nicht. Was würde das helfen?«

»Überhaupt nichts, aber bist du denn nicht neugierig?«

»Schon irgendwie, aber ich glaube, ich hätte es lieber wie in einem dieser Romane, wo die Leute sich *nicht* kennenlernen – weißt du, wo der Autor ihr Zusammentreffen sorgfältig vermeidet.«

»Das könnte so sein, weil der Autor sich nicht vorstellen kann, wie sie sich verhalten würden, und darum den einfachsten Ausweg wählt.«

Als wir wieder bei Susan waren, kam Gary Carter herein, der Fernsehausstatter, mit dem sie zusammenlebte, und wir konnten meine Probleme nicht weiter besprechen. Er schien nicht viel zu sagen zu haben und hielt mich offenbar für langweilig und provinziell. Ich saß stumm da, und mir fiel kein Gesprächseinstieg ein außer »Was war denn Ihre letzte Ausstattung?«, und das war dermaßen schwach, daß ich es damit gar nicht erst versuchte. Schließlich ging er in die Küche und kam mit einem Glas Milch zurück, und ich dachte mir, so einer ist das also. Es schien klar zu sein, daß man jetzt nur noch ins Bett gehen konnte, und so zogen er und Susan sich in ihr Zimmer zurück, aus dem Susan von Zeit zu Zeit wieder herauskam, um mich zu fragen, ob ich ein Bad nehmen wolle, oder um mir zu helfen, die Schlafcouch mit Bettwäsche zu beziehen.

Endlich legte ich mich hin, mit diesem seltsamen Gefühl, das man immer hat, wenn man mitten in anderer Leute Wohnzimmer schläft. Ich hätte gern gewußt, ob Gary und Susan meine Anwesenheit in der Wohnung wohl als störend empfanden, doch nach einer kurzen gedämpften Unterhaltung war es still in ihrem Zimmer, und ich blieb allein und hellwach, wie ich meinte. Das nächste, was mir bewußt wurde, war allerdings, daß Susan mit einem Becher Kaffee über mir stand und es bereits Morgen war.

An dem Abend gaben Susan und Gary »eine Art Party«. Das Wohnzimmer war nur schwach beleuchtet und sah wie eine purpurn-grüne Höhle aus, an den Wänden klebten Poster, und die langweiligen Lehrbücher und Soziologietaschenbücher sahen im rosigen Schimmer des gedämpften Lichts ganz verwandelt aus. Es gab niemand unter den Leuten – und es waren eine ganze Menge –, von dem ich mir eine klare Vorstellung hätte machen können. Hier hatte man keine solchen Sorgen, wie sich zu einer Unterhaltung mit älteren Professorengattinnen verpflichtet zu fühlen oder sich mit einem langweiligen jungen Dozenten in einer Ecke festgenagelt zu sehen, der nichts weiter als über sein eigenes Spezialgebiet fachsimpeln konnte. Und dennoch war diese Party auf ihre Weise genauso öde wie so manche derartige Universitätsveranstaltung, dachte ich, als ein unattraktives bärtiges Gesicht mir allzu nahe kam. Etwas später am Abend wurde jemandem schlecht, er übergab sich, und die Leute von gegenüber beschwerten sich über den Lärm.

Ein paar Stunden danach lag ich im Bett, mitten im Wohnzimmer wieder, doch diesmal auch noch von Zigarettenrauchschwaden, Alkoholgeruch und den Trümmern umgeben, die wir, müde wie wir waren, nicht mehr aufgeräumt hatten, und so war es kaum verwunderlich, daß ich nicht so leicht wie am Abend zuvor in den Schlaf fand. Der Mund brannte mir von zu vielen Zigaretten, und im Magen war mir etwas komisch, weil ich soviel durcheinander gegessen und getrunken hatte. Ich lag wach und hörte Gary nebenan schnarchen, und ich überlegte, ob Susan neben ihm wohl auch wach lag. Ich stützte mich auf meinen Ellenbogen und nahm einen Schluck Wasser und zwei Aspirin.

Ich fragte mich, was Alan wohl gerade tat, stellte ihn mir in dem leeren Hause vor, noch nicht im Bett und vielleicht noch dabei, seine Fahnen zu lesen und über Cressida und das Diagramm zu grübeln. Ich wußte, daß ich zu ihr gehen mußte; meine Neugier würde mich dazu treiben. Dann stellte ich mir vor, wie Crispin Maynard in Italien Alans Aufsatz las, und hätte gern gewußt, wie er wohl reagierte. Wir mußten darauf achten, daß Alan die Sonderdrucke an die richtigen Leute schickte – das war äußerst wichtig.

Als nächstes begann ich mir über Mr. Stillingfleets Manuskript den Kopf zu zerbrechen und versuchte, mich zu erinnern, wo ich es hingelegt hatte. Aus irgendeinem Grunde – doch mitten in der Nacht wach zu liegen, wo man ja dazu neigt, sich Sorgen zu machen, war wohl Grund genug – sah ich mich die Vorgänge in Normanhurst noch einmal unruhig rekapitulieren. Was genau hatten wir eigentlich getan, Alan und ich? Jetzt war Mr. Stillingfleet tot, Angehörige gab es keine, worüber also sollte man sich Sorgen machen? Crispin Maynard hatte das Manuskript offensichtlich nie gesehen – obwohl er davon ausging, daß es existierte –, und ebensowenig Schwester Dew; nicht einmal Evan Cranton, der die übrigen Aufzeichnungen von Mr. Stillingfleet in der Bibliothek verwahrte, würde merken, daß etwas fehlte. Oder doch? Angenommen, es gäbe ein Verzeichnis oder eine Bestandsliste vom Inhalt der Kiste? Damit wäre genau belegt, was vorliegen sollte, und jemand, der Alans Aufsatz las, würde sehen, daß er gerade dieses Manuskript entwendet haben mußte. Sicherlich dachte man nicht an so etwas, wenn man einen Aufsatz in einer Fachzeitschrift las, sagte ich mir. Und dennoch, ich wußte, daß man es manchmal doch tat. Iris Horniblow fiel mir ein mit ihrer Frage an Alan, wie man unveröffentlichtes Material zitiere, daß man gar nicht gesehen haben durfte. Warum hatten Alan und ich nicht über diese Möglichkeit gesprochen? Warum hatten wir nichts unternommen, um das Manuskript zurückzubringen, sobald er damit fertig war? Es wurde wirrer und wirrer in meinem Kopf, während sich diese Halbgedanken im Kreise jagten. Lag die Verantwortung bei mir? Alan hatte sie mir überlassen – doch das schien mir nicht fair. Ich setzte mich auf und trank noch etwas Wasser. Der einzige Weg, das Manuskript zu den übrigen Aufzeichnungen zurückzubringen, war anscheinend, daß ich mich um eine Stelle in der Bibliothek bewarb. Es dämmerte, und ich stellte fest, daß auch in London die Vögel schon früh zu singen beginnen. Während ich ihrem Chor lauschte, sah ich das Gesicht von Evan Cranton vor mir. Das war nicht gerade ein Gesicht, dessen Bild ich zu beschwören pflegte, so wie man es manchmal mit dem Gesicht eines Liebhabers versucht. Im Gegenteil: Es stand ganz klar vor mir, und sein Ausdruck war sarkastisch.

Siebzehntes Kapitel

So wie die Dinge lagen, war es wohl nur zu erwarten, daß ich auf meinem Weg zum Redaktionsbüro von Rollo Gaunts Zeitschrift von einem Gefühl der Minderwertigkeit durchdrungen war. Zudem wußte ich nicht genau, wo ich aus dem Bus aussteigen mußte – es lag irgendwo in der Gray's Inn Road –, und in meiner Unsicherheit verpaßte ich die Haltestelle fast. Der Bus fuhr schon wieder an, und um ein Haar fiel ich einem gutaussehenden, soliden Rechtsanwaltstyp in die Arme, der so etwas wie einen dunkelroten, mit Initialen bestickten Wäschesack trug. Er hielt mich lächelnd, bis ich sicher auf dem Pflaster stand, und wies mir die Richtung zu der von mir gesuchten Straße. Die Begegnung half mir ein wenig. Ich schritt entschlossener die Straße entlang und fing an, im Geiste durchzugehen, was ich sagen konnte, wenn ich »Cressida« gegenübertrat. Ich konnte sie mir nicht als eine wirkliche Person vorstellen. Ich dachte daran, irgendein Anliegen, das mit der Zeitschrift zusammenhing, vorzutäuschen. Dann kam mir der Gedanke, daß sie womöglich nicht allein wäre. Ich würde wohl improvisieren müssen.

Ich war an der richtigen Adresse angekommen – Wormwood Mews –, aber die Gegend schien höchst unpassend für das Redaktionsbüro einer Fachzeitschrift. Hinter all den Hausnummern, die aufsteigend von der einen zur anderen Straßenseite wechselten – mit dem Zusatz A oder B, um die Verwirrung noch zu steigern –, verbargen sich Garagen, Mews Cottages oder Ateliers. Suchend lief ich die Straße auf und ab. Schließlich stieß ich auf ein kleines Haus mit dem messingnen Namensschild der Zeitschrift am Eingang, in dessen oberem Stock anscheinend eine Wohnung war. Cressida wohnte offensichtlich über dem Büro, und was, dachte ich bitter, könnte also leichter oder gemütlicher sein, als schnell einmal hinaufzuschauen, wenn der redaktionelle Teil erledigt war? Ich versuchte, mir alle Akademiker, die ich kannte und die in Rollo Gaunts Zeitschrift einen Aufsatz veröffentlicht hatten, dabei vorzustellen, doch das schien unwahrscheinlich. Ich klopfte an die Tür. Sie stand offen, und so trat ich einfach ein.

Ein Bild des Chaos bot sich meinen Augen. Ein großer Tisch war mit Stapeln von Büchern, Typoskripten und Druckfahnen bedeckt, von denen einige auf dem Boden lagen. Schlangen bedruckter Etiketten zogen sich wie Girlanden über die Stühle hin und hingen von den Regalen und riesigen Klipps an der Rückseite der Tür herab. Mitten darin stand eine blonde große junge Frau, die das Bild vom »Händeringen« in die Tat umsetzte, mit einem ziemlichen Pferdegesicht, das aber von Bildung zeugte, und einer unordentlichen Löwenmähne.

»Universal Aunts oder Brook Street Büro?« fragte sie hoffnungsvoll.

»Weder noch, fürchte ich. Aber vielleicht«, hörte ich mich sagen, »könnte ich Ihnen helfen, ein bißchen aufzuräumen.«

Meine Zweifel waren mir wohl anzuhören, denn es war ja nicht ganz der Zweck meines Besuchs, Cressida beim Aufräumen ihres Büros zu helfen. »Ich bin Caroline Grimstone«, fügte ich hinzu.

»O Gott, Dr. Grimstones Diagramm!« war ihre Reaktion. So unwahrscheinlich es auch scheinen mochte, verband sie in ihren Gedanken doch offenbar nichts anderes mit ihm. »Ist er mir noch böse, weil ich daraus so eine Sauerei gemacht habe?«

»Ich weiß es nicht«, sagte ich. »Ich glaube nicht.«

Mit übertriebener Schwere sank Cressida auf einen Stuhl. Sie schien so was wie eine komische Figur zu sein, keineswegs das, was ich erwartet hatte. Das änderte die Dinge. Ich malte mir aus, wie Alan dieses chaotische Büro betrat, die Geduld mit ihr verlor, weil sie sich mit dem Diagramm so dumm anstellte, und wie Cressida in Tränen ausbrach. Ich war überzeugt, daß sie zu den jungen Frauen gehörte, die leicht zu weinen beginnen. Und weiter? Wie Alan, um sie zu trösten, die Arme um sie legte, und schließlich ging es in ihre Wohnung hinauf. Oder vielleicht hatten sie gemeinsam zu Mittag gegessen, und es war hinterher passiert – das war wohl wahrscheinlicher.

»Was kann ich dann also für Sie tun?« fragte sie. »Wenn Sie hergekommen sind, um Dr. Grimstones Sonderdrucke abzuholen – die sind wohl leider noch lange nicht fertig.«

»Ja, genau.« Es erschien mir einfacher, ihre Erklärung für

meinen Besuch zu übernehmen, denn allmählich dämmerte es mir, daß Cressida und ich durchaus nicht in der Art miteinander abrechnen würden, wie ich es mir ausgemalt hatte. Ich konnte in ihr jetzt ein lustiges, nettes Mädchen sehen, das mit jedem ins Bett geht, ohne sich etwas dabei zu denken; womöglich hatte Alan sie zu ernst genommen, und ich auch.

»Möchten Sie einen Kaffee?«

»Ja, gerne.«

Sie grub in dem Durcheinander auf dem Tisch nach zwei Bechern und schaltete den Wasserkessel ein. Als wir den Kaffee tranken, klopfte es an die Tür, und das Mädchen von Universal Aunts oder vom Brook Street Büro trat ein, und ich ergriff diese Gelegenheit zur Flucht, während Cressida ihre ziemlich wirren Erklärungen und Anweisungen gab. Die Chance zu einer Aussprache mit Cressida hatte ich damit für immer verpaßt. Wenn ich das Ganze schon nicht mit ihr besprechen konnte, so sollte mir das nun wenigstens mit Alan möglich sein. Ich beschloß, wieder nach Hause zu fahren, sobald ich Kate abgeholt hatte.

Achtzehntes Kapitel

»Caro, Gott sei dank bist du zurück!«

Alan hatte anscheinend schon eine volle halbe Stunde vor der offiziellen Ankunftszeit des Zuges am Bahnhof gestanden und auf uns gewartet. Ich setzte Kate nach hinten ins Auto und gönnte mir einen Augenblick lang den Genuß des kostbaren Gefühls, vermißt worden zu sein, während Alan das Gepäck im Kofferraum verstaute.

»Ich hab dich gestern abend angerufen, aber deine Mutter hat gesagt, du seist zu Susan gefahren. Ich wußte einfach nicht, was ich tun sollte.«

Ich lächelte ihn zärtlich an.

»Es ist wegen Crispin«, sagte er. »Er hat nun doch die Fahnen gelesen und macht Rollo Gaunt wegen meines Aufsatzes

Schwierigkeiten. Jetzt will er, daß Rollo mit der Veröffentlichung so lange wartet, bis er eine Widerlegung fertig hat.«

»Aber du hattest ihm doch längst die Möglichkeit gegeben, ihn zu lesen«, meinte ich.

»Das habe ich Rollo auch gesagt – jetzt ist es jedenfalls zu spät, die Veröffentlichung aufzuhalten. Ich glaube, die Fahnen sind schon wieder in der Druckerei.«

Ich dachte an das Chaos in diesem Redaktionsbüro und war durchaus nicht überzeugt davon, aber natürlich sagte ich nichts.

»Zu spät«, echote Kate vom Rücksitz, und dann waren wir zu Hause.

Als ich ausgepackt hatte und die Sachen in die Schubladen legte, fiel mir Mr. Stillingfleets Manuskript in die Hände, und ich begann, es durchzublättern, aber es bestand hauptsächlich aus Auszügen von afrikanischen Geschichten und Sprichwörtern in irgendeinem eigenartigen Dialekt mit sonderbaren Buchstaben und Symbolen, die ich nicht verstehen konnte. Das war es also, was Crispin hatte haben wollen, und die Entdeckung, daß Alan da irgendwie rangekommen war, mußte ein Schock für ihn gewesen sein. Ich stellte mir vor, wie er in seiner Villa saß und vielleicht in den ersten paar Tagen nichts anderes tat, als sich auszuruhen und die Sonne zu genießen, wie er dann das Bedürfnis nach etwas zu lesen empfand und zu seinem Aktenkoffer griff, in den Margaret ein oder zwei Zeitschriften, Sonderdrucke oder Fahnen eingepackt hatte – was Akademiker sich eben so schicken –, und wie er dachte: Ach ja, den Aufsatz vom jungen Grimstone, den könnte ich jetzt lesen. Das konnte man sich gut vorstellen, aber was ich nicht verstehen konnte, war die Gemeinheit, die darin lag, jetzt bei Rollo Gaunt so ein Theater zu machen. Es sah Crispin scheinbar gar nicht ähnlich, der doch so edel und freundlich und hilfreich war, ja, eifrig bemüht, möchte ich sagen, jüngere Gelehrte zu fördern, selbst auf seinem eigenen Fachgebiet. Etwas in diesem Sinne sagte ich zu Alan und erfuhr zu meiner Überraschung, daß er nie so eine hohe Meinung von Crispin als

Mensch gehabt hatte, von der ich doch glaubte, daß alle sie teilten.

»Nur weil er nett zu dir ist und alt und kurz vor seiner Pensionierung steht, muß er ja nicht gleich alle diese prächtigen Eigenschaften haben, die du ihm zugute hältst. Er wollte an dieses Manuskript rankommen, und jetzt ist er fuchsteufelswild, weil ich es geschafft habe und er nicht – so einfach ist das.«

»*Du* hast es nicht gerade geschafft«, betonte ich.

»Caro, ich mußte das tun. Aber du siehst doch ein, daß ich jetzt deine Hilfe brauche, um das Manuskript zurückzubringen?«

»Könnten wir es denn nicht einfach verbrennen?« fragte ich.

»Caro!« Alan wirkte ernstlich schockiert, gerade so, als hätte ich ihm zu einem Mord geraten. »Das ist grundlegendes Material und muß jetzt auch den anderen Gelehrten zur Verfügung stehen.« Es war interessant, daß seine Skrupel eher akademischer denn moralischer Art waren. »Nein, es muß in die Bibliothek zu den anderen Stillingfleet-Manuskripten. Du mußt da einfach helfen!«

»Na gut«, sagte ich, nicht ganz überzeugt. »Ich werde es versuchen.«

»Du mußt Dr. Cranton in einem Augenblick erwischen, in dem er nicht aufpaßt«, meinte Coco, aber irgendwie konnte ich mir nicht vorstellen, daß es in seinem Leben jemals solche Augenblicke gäbe, und erst recht nicht in der Bibliothek. Ich hatte Coco von meinem Vorhaben natürlich nichts verraten; vielmehr hatte ich angedeutet, daß ich aus der Bibliothek etwas brauchte, was nicht so leicht zugänglich war. Seine Neugierde war geweckt, aber aus Trägheit bohrte er nicht nach Einzelheiten, und Kitty und er schlugen mir vor, auf welchen Wegen ich mein Ziel erreichen könnte.

Es war einer dieser Abende, an denen man nach einem heißen Tag in einem englischen Garten unter den Bäumen sitzen und den Schatten genießen und das Hereinbrechen der Nacht abwarten kann, fast, als wäre man in den Tropen. Kitty war dann in ihrem Element, mit ihren duftigen, romantisch wirkenden Kleidern; das nachlassende Licht schmeichelte ihr, und es war kaum zu glauben, daß sie über Sechzig oder auch daß Coco über Vierzig war.

»Dr. Cranton könnte sich in dich verlieben«, sagte Coco so dahin.

»Ach, das fällt dir immer als die Lösung ein«, erwiderte ich ungeduldig.

»Ein gemeinsames Interesse *kann* der Anfang einer Liebe sein«, meinte Kitty, doch sie klang, als fände sie es äußerst unwahrscheinlich. Offensichtlich war es bei den Männern, die *sie* geliebt hatten, ohne sinnloses Getue um gemeinsame Interessen abgegangen. »Im übrigen glaube ich kaum, daß ich einen Haufen alter Manuskripte reizvoll finden könnte«, fuhr sie fort. »Ich bekomme vom Staub immer eine Nebenhöhlenentzündung, und ich hätte keine Lust, mit ihnen *irgendwie* in Berührung zu kommen. Man weiß ja nicht, *wo* sie schon überall gelegen haben.«

»Nun, Mutter, das wirst du ja auch niemals tun müssen«, sagte Coco.

»Ich begreife nicht, warum Frauen so etwas machen wollen«, sagte Kitty, »außer, wenn sie Geld brauchen, natürlich.«

Ich wollte gerade davon sprechen, wie sehr einen die Arbeit befriedigen kann, doch als ich es mir recht überlegte, war ich keineswegs überzeugt, bei einer Bibliotheksstelle diese Art von Erfüllung zu finden, und ich wußte ja auch noch nicht einmal, ob Evan Cranton mich nehmen würde.

Neunzehntes Kapitel

Dr. Cranton – er war ganz Dr. in diesem Moment – lächelte raubtierhaft.

»Eine nette kleine Arbeit für den Vormittag – ist es das,

was Sie suchen? Irgend etwas, das Sie vom Herd wegbringt?«

»Man könnte es auch positiver sagen«, wagte ich, kühn vor lauter Nervosität, zu entgegnen. Warum verstand Alan nicht, wie sehr er einem angst machen konnte? »Ich möchte gerne etwas Nützliches tun, und Heather – Mrs. Armitage – dachte...«

»Oh, sie dachte, nicht wahr? Mrs. Armitage hat gedacht. Daß Sie ihr helfen könnten, ihre schwere Last zu tragen und das Gewicht auf ihren Schultern ein wenig leichter zu machen?«

»So hat sie es nicht ausgedrückt, aber anscheinend wird die Arbeit immer mehr.«

»Oh, ja, die Arbeit wird immer mehr. Das Parkinsonsche Gesetz gilt in Universitätsbibliotheken genausogut wie anderswo.«

»Ja, wahrscheinlich. Dann gibt es hier also womöglich gar keine Arbeit für mich.« Ich fühlte mich entmutigt, und das war mir wohl anzusehen, denn Dr. Cranton gab plötzlich nach und wurde beinahe so wie bei dem Dabbs-Gedenkvortrag.

»Das habe ich nicht gesagt, meine Liebe. Die einzige Schwierigkeit besteht darin, daß dann morgens noch jemand zum *Kaffee* da ist – ich bin gespannt, wie sie *das* wohl lösen!« Der Gedanke schien ihm zu gefallen, und er wurde plötzlich ganz milde. Wir besprachen den praktischen Teil, dann reichte er mich an Heather weiter. »Mrs. Armitage wird Ihnen zeigen, was Sie tun können.«

Heather wartete, bis er sicher außer Hörweite war, und sagte dann: »Natürlich habe ich im *Augenblick* nicht viel für dich zu tun, da du ja noch keine Erfahrung hast, und die Arbeit, die ich dir geben kann, wirst du ziemlich stupide finden. Laß mich mal sehen...« Sie fingerte in den Unterlagen und Karteikarten auf ihrem Tisch herum, die Bedeutung ihrer Stellung genießend. Ich stand erwartungsvoll da, neugierig, ob ich wohl einen eigenen Schreibtisch und was ich gegebenenfalls von ihr zu tun bekäme.

»Ah, ich weiß«, sagte sie. »Du kannst diese Etiketten hier auf die Buchrücken kleben. Sie sind alle schon beschriftet, du brauchst sie nur noch aufzukleben. Du kannst eine Ecke von dem Tisch dort benutzen.«

»Danke«, sagte ich demütig, während ich einen Stapel Bücher wegschob, oder vielleicht nicht gerade wegschob, sondern zwanzig Zentimeter nach rechts verrückte, um ein wenig Platz zum Arbeiten zu haben. Das war eine Art Tätigkeit, die Kate verrichten konnte. Sie machte bereits große Fortschritte darin, Figuren aus gummiertem Papier zu Bildern zusammenzukleben, und bewies dabei einen Sinn für Farbe und Form, den Alan und ich bemerkenswert fanden. Ich klebte eines der Etiketten auf, das mir ein wenig verrutschte. Zweifellos würde ich bald aufsteigen und eine Arbeit mit mehr Verantwortung bekommen. Sicher würde sich dann eine Möglichkeit finden, die Afrikana-Manuskripte aufzuspüren und Mr. Stillingfleets Manuskript wieder zurückzulegen.

Der Sommer ging allmählich seinem Ende entgegen, und die Septembermorgen waren kühl und klar, ja, es lag sogar schon ein Hauch von Frost in der Luft. Die Zeit schien wie geschaffen, um erwartungsvoll in die Zukunft zu blicken und womöglich auch darüber zu entscheiden, wie man sein Leben ändern und besser gestalten könne. Der Beginn des neuen akademischen Jahres war für uns die geeignetste Zeit, um an Veränderungen zu denken, und wir wußten, einige würden uns aufgezwungen werden.

Inzwischen hatte Alan einen Brief von Rollo Gaunt erhalten, laut dem er keinerlei Notwendigkeit gesehen hatte, Alans Aufsatz zurückzuhalten, um Crispins Antwort abzuwarten. »Schließlich *bin* ich ja der Herausgeber«, hatte er zu Alan gesagt, als sie darüber sprachen. Beide waren zu dem Schluß gekommen, daß Crispin langsam alt wurde. Alan deutete außerdem an, daß diese Art von akademischem Disput altmodisch sei, beinahe viktorianisch, etwas, wovon man mit Vergnügen las, was aber heutzutage völlig belanglos und unangebracht sei. Es war reine Zeitverschwendung und trübte den Blick auf die Sache, diese Beschäftigung mit wer was woher hatte. Etwas anderes wäre es, wenn irgendein Verdacht des Plagiats bestünde – hatte es nicht einen Roman über einen solchen Fall gegeben, wo irgend jemand irgendeines anderen Diagramm gestohlen und in einer Doktorarbeit verwendet hatte? Ah, ja, Rollo fiel ein sehr gutes Stück zu ebendiesem Thema ein, das vor ein paar Jahren in London gespielt worden war. Er hatte es mit seiner Mutter und Lisa – das war seine erste Frau – und *ihren* Eltern angesehen. Es war ein sehr gelungener Abend gewesen, und hinterher hatten sie dieses herrliche französische Restaurant besucht, Chez soundso, und dort eine unvergeßliche Spargel-Mousse gegessen. So hatte Alan, der mir von diesem Gespräch später berichtete, Rollo also offenbar Sand in die Augen gestreut und ihn von dem Hauptproblem abgelenkt. Alan begann noch einen weiteren Aufsatz zu einem anderen Aspekt des Themas vorzubereiten, und wir erwarteten zuversichtlich den Anfang des neuen Trimesters. Ich hütete weiterhin das Manuskript und wartete noch immer auf eine Gelegenheit, es heimlich zurückzustecken, oft aber dachte ich gar nicht mehr daran, weil es genügend andere Dinge gab, die mich beschäftigten.

Dieses Trimester hatte uns neue und selbstbewußtere Studenten und zwei Dozenten gebracht, die frisch von der London School of Economics kamen und revolutionäre Vorstellungen davon hatten, wie hier alles einzurichten sei.

»Sie scheinen mit allem aufräumen zu wollen«, sagte ich zu Dolly, als ich in ihrem Garten saß und zusah, wie sie zu irgendeinem unbekannten Zweck ein Häuflein Igelkot sammelte.

»Das ist auch richtig so«, sagte sie heftig, und ich spürte, daß sie eine ihrer wenig angenehmen Launen hatte, in denen sie einem aus Sturheit widersprach, was immer man auch sagte.

»Dieser ganze akademische Pomp und all die Rituale sind doch heute nicht mehr angebracht. Ich hätte gedacht, da sind wir uns einig, Caro. Schließlich bist du gut vierzig Jahre jünger als ich.«

»Aber sie wollen die Studenten ihre Kurse und welche Bücher sie zu lesen haben selbst bestimmen lassen – und die Seminararbeiten und Prüfungen abschaffen...« stammelte ich. »Wenn es nach ihnen ginge, würde Alan seine Stelle verlieren.«

»Es ist noch nie jemand besser geworden, weil er eine schriftliche Prüfung bestanden hat«, stellte Dolly fest. »Da, sieh dir das an.« Sie zeigte auf den ordentlichen kleinen Haufen schwarzen Kots.

»Wozu ist *der* denn gut?« fragte ich boshaft.

»Ach, es ist doch ganz egal, wozu er *gut* ist! Es reicht doch, so einen greifbaren Beweis von einer anderen Form des Lebens vor sich zu haben!«

Ich merkte, daß sie gleich mit ihrem Lieblingsthema loslegen würde, der Natur und der Beobachtung von Tieren in ihrem natürlichen Lebensraum und dem Nutzen, den man daraus ziehen könne, und so versuchte ich, dem Gespräch eine andere Wendung zu geben. Sie kam auf die Leute in Normanhurst zu sprechen und darauf, wie dankbar Schwester Dew mir wäre, wenn ich ihnen auch diesen Herbst wieder vorlesen würde.

»Tja, ich arbeite vormittags in der Bibliothek«, sagte ich, »also werde ich ziemlich beschäftigt sein«, denn ich fand, daß ich meinen Teil im Vorlesen geleistet hatte. Das Problem bei guten Werken ist nur, daß man eigentlich niemals seinen Teil geleistet hat, weil es immer etwas zu tun und nie genug Leute dafür gibt.

»Und was *machst* du in der Bibliothek genau?« fragte Dolly ganz freundlich.

»Oh, ich erstelle jetzt Karteien und ordne Unterlagen – du kannst dir nicht vorstellen, wieviel Zeug da liegt«, sagte ich in dem Bewußtsein, daß es alles völlig unerheblich klang.

»Ich bin mir sicher, daß Dr. Cranton damit sehr geholfen ist«, sagte Dolly, »aber bist du wirklich mit Leib und Seele dabei? Ist das deiner wirklich würdig? Kann so was denn irgendein tieferes Bedürfnis befriedigen?«

Ich dachte darüber nach, als ich nach Hause ging. Ich kam auf die Idee, Iris Horniblow zu besuchen, die jetzt, da ich wußte, daß Alan sie nicht liebte, ja meine Freundin werden konnte. Ich stand vor ihrer Haustür, drückte auf die Klingel ihrer Wohnung und wartete, doch es rührte sich nichts, und ich wollte es schon aufgeben und fortgehen, als Iris die Treppe herunterkam. Sie trug pinkfarbene Hosen und roch sehr stark nach einem teuren Parfüm, vielleicht ein wenig zu stark, mitten am Nachmittag. Dann fiel mir zum ersten Mal ein rotes Auto auf, das vor dem Haus parkte, und in dem ich den Wagen eines der beiden neuen Dozenten erkannte.

»Oh, hallo, Caro«, sagte sie. »Kommen Sie herein.«

Ich zögerte, denn offensichtlich hatte ich sie gestört. »Ich kam gerade vorbei...« sagte ich.

Aus irgendeinem Grunde schien Iris mich unbedingt hereinlassen zu wollen, und als ich das Wohnzimmer betrat, glaubte ich zu verstehen, warum. Der neue Dozent, ein dunkler, gutaussehender junger Mann mit schulterlangem gewelltem Haar, machte gerade Tee und wußte offensichtlich ganz genau, wo alles stand. Es war nur normal und ziemlich rührend, daß Iris ihren neuen Liebhaber vorführen wollte, der so viel anziehender als Alan wirkte. Die Szene strahlte Wärme und Häuslichkeit aus. Iris stellte uns einander vor, und ich erinnerte mich, daß Alan erwähnt hatte, Ian Ashton kennengelernt zu haben. Er sprach fast ehrfürchtig von Alan, als ob dieser zu einer viel älteren Generation gehöre, und ich stellte fest, daß Ian sehr jung war, nicht älter als vier- oder fünfundzwanzig, so daß man beinah meinen konnte, Iris vergreife sich an kleinen Kindern. Dies gab mir ein dunkles Gefühl der Befriedigung, und ich hatte Mitleid mit ihr, da ich – anders als sie – das Ende der Affäre schon absah. Bei aller Jugendlichkeit hatte Ian etwas Hartes und Rücksichtsloses an sich, und ich fragte mich, ob die Revolution der Studenten wohl von ihm ausgehen und welche Form die Rebellion dann annehmen würde.

Zwanzigstes Kapitel

Das Erscheinen von Alans Aufsatz fiel, durchaus passend, fand ich, mit der Rückkehr von Crispin und Margaret aus Italien zusammen. Während sich Alans führende Stellung in der neuen, jungen Schule der historischen Ethnologie festigte, trat Crispin in Würde seinen Ruhestand an. Gerne hätte ich mir vorgestellt, wie Crispin seinen Mantel so abwarf, daß er auf eine ebenso natürliche wie praktische Weise Alan über die Schultern fiel, doch ich war mir darüber im klaren, daß dieser Blick auf die Dinge naiv und sentimental war.

»Zum Glück hat Rollo deinen Aufsatz schon rausgebracht und Crispins Gegenangriff nicht erst abgewartet«, sagte ich zu Alan. »Fraglos war das richtig so, und ich glaube, Crispin denkt jetzt gar nicht mehr daran, sondern freut sich auf die Überreichung seines Porträts.«

Alan schien das auch zu glauben, oder er stimmte mir wenigstens zu, allerdings eher wie jemand, der ein Thema leid ist und nicht mehr darüber nachdenken will. Er war jetzt mit etwas anderem beschäftigt, und im Laufe des Trimesters wiederholte sich immer das gleiche Muster: Er zog sich abends in sein Arbeitszimmer zurück, während ich wach lag und das Klappern seiner Schreibmaschine hörte und hoffte, er käme endlich ins Bett.

Ich hatte mir angewöhnt, das Manuskript von Mr. Stillingfleet immer in meiner Einkaufstasche mitzunehmen, in Erwartung einer Gelegenheit, es heimlich wieder zu seinen übrigen Aufzeichnungen zurücklegen zu können. Das war nicht einfach, denn sie wurden in Dr. Crantons eigenem Büro verwahrt. Es hieß, er habe damit irgend etwas vor, aber was, wußte niemand genau. Da Mr. Stillingfleet keine testamentarischen Verfügungen über ihren Verbleib getroffen hatte, schien es auch nicht nötig, sofort etwas zu unternehmen.

Eines Morgens aber hatte ich endlich meine Chance. Evan Cranton erschien nicht wie sonst üblich um halb zehn, und etwa um Viertel vor elf traf eine Nachricht von Menna Cranton ein. Er hatte eine schwere Erkältung, und sie hatte beschlossen, »ihn zu Hause zu behalten«. Sofort hob sich unsere Stimmung, was auf einige von uns Teilzeit-Akademikerfrauen, die in nützlicher Arbeit ihre Selbsterfüllung suchten, ein trauriges Licht warf. Eine zog einen *Daily Express* heraus, eine andere, die mehr auf sich hielt, den *Guardian*, und eine dritte das Kreuzworträtsel der *Times*. Ich erhob mich von meinem Tisch und ging mit meiner Einkaufstasche auf die Garderobe zu, doch als niemand hinsah, schlüpfte ich in Dr. Crantons Büro.

Es war ein kleines, ziemlich dunkles, nach Norden gelegenes Zimmer; das einzig Gute daran war, daß es ein separates Zimmer war. Ein schwerer Schreibtisch nahm den größten Teil des Raumes ein, und an der einen Wand stand eine Reihe Aktenschränke. Menna Cranton hatte ihrem Mann aus einem übriggebliebenen Stück Chintzvorhangstoff im Stil der Zeit Jakobs I. ein Stuhlkissen genäht. Der Schreibtisch war aufgeräumt und das Ablagefach für die Eingänge ziemlich leer. Ich war sehr aufgeregt, und der Gedanke, in die Schubladen des Schreibtisches hineinzusehen, war mir nicht angenehm. Zu meinem Erstaunen schienen sie nicht verschlossen zu sein. Ich glaube, ich hatte Angst, auf etwas Peinliches zu stoßen oder etwas, was mir einen Einblick in Dr. Crantons Privatleben gewähren würde, auf den ich lieber verzichtet hätte. Doch die oberste Schublade enthielt lediglich eine Pfeife, eine Schachtel Pfeifenreiniger und mehrere alte Notizbücher und Terminkalender. Neugierig öffnete ich einen der Kalender – von 1965 – und sah, daß er fast leer war. »SCOLMA Komm. Versammlung 14.30«, las ich unter einem Datum, aber das sagte mir nichts. Die anderen Schubladen waren ebensowenig aufschlußreich, außer daß in einer, die »Bibliographie« beschriftet war, nur leere Notizbücher und Päckchen mit neuen Karteikarten lagen. Vielleicht war das die Arbeit, die er sich für seinen Ruhestand aufsparte.

Die Aktenschränke waren abgeschlossen, und ich dachte

mir, sie enthielten vielleicht Personalakten über die Angestellten. Es schien mir unwahrscheinlich, daß darin die Stillingfleet-Manuskripte wären, und so wandte ich meine Aufmerksamkeit einem großen Schrank zu, der glücklicherweise offen war.

Ich bekam erst einmal einen Schreck, denn seine Fächer waren vollgestopft mit Akten und Bündeln von Papier. Es würde nicht viel helfen, das Manuskript zurückzulegen, wenn ich es nicht an die richtige Stelle legen konnte.

»Ach, Caroline, *da* bist du...«

Entsetzt fuhr ich auf, doch dann sah ich, daß es nur Heather Armitage war. Sie trug zwei Becher, und ich begriff, daß es jetzt Zeit für die unumgängliche Kaffeepause sein mußte, der Augenblick, in dem man niemals zu beschäftigt für eine Unterbrechung war.

»Ich hatte Angst, daß dein Kaffee kalt wird«, meinte sie eifrig. »Möchtest du ihn hier trinken?«

»Ich weiß nicht«, sagte ich verwirrt. »Vielleicht *sollte* ich nicht.«

»Nun, wenn Dr. Cranton dir eine Arbeit gibt, zu der du dich in seinem Büro aufhalten mußt, kann er wohl kaum etwas dagegen haben, wenn du deinen Kaffee hier trinkst«, sagte sie, offensichtlich in einer ihrer Anti-Bibliothekars-Stimmungen.

»Stimmt«, meinte ich.

Wir setzten uns, und Heather bot mir eine Zigarette an. Unser Verhalten hatte etwas Rebellisches an sich – fast lag etwas vom Geist der Emanzipation in der Luft.

»Ich finde es ein bißchen viel verlangt, daß du hier aufräumen sollst«, fuhr Heather fort. »Schließlich hast du ja studiert.« Aufräumen war wohl eine niedrigere Arbeit als Etiketten aufzukleben.

»Ja, aber ich arbeite doch nur halbtags«, murmelte ich.

»Schau dir nur die Unordnung in diesem Schrank da an!«

»Ja, ich muß zugeben, ich war überrascht«, sagte ich selbstgefällig. »Dr. Cranton wirkt immer so ordentlich.«

»Das ist offensichtlich alles unter den Teppich gekehrt

worden«, sagte Heather und machte eine übertriebene Geste. »Was *ist* es überhaupt? Hast du's dir angesehen?«

»Ich glaube, es sollen Manuskripte mit Quellenmaterial zur afrikanischen Geschichte sein«, antwortete ich, denn ich sah jetzt, daß das unterste Fach mit »Stillingfleet« beschriftet war.

»Oh, alles bereit für seine große Klassifikationsarbeit«, sagte Heather verächtlich. »Und was ist *das* hier alles...?«

Während sie mir den Rücken zuwandte und versuchte, das Schubfach eines Aktenschranks zu öffnen, steckte ich das Manuskript zwischen die Stillingfleet-Papiere.

»Was machen Sie beide denn im Büro des Bibliothekars?« Einer der männlichen Hilfsbibliothekare stand in der Tür.

»Nur Ordnung«, erwiderte Heather in ziemlich streitlustigem Ton.

»Also eines dieser Dinge, von denen die Frauen denken, daß sie sie so viel besser machen als die Männer«, neckte er uns.

»Wir *denken* nicht darüber nach, ob wir etwas besser als die Männer machen«, gab Heather zurück. »Wir machen uns einfach dran und tun es!«

In diesem heiteren Wortgefecht zwischen den Geschlechtern ging der wirkliche Zweck unseres Aufenthalts in dem Büro glücklicherweise unter, und niemand dachte daran, unsere Anwesenheit zu hinterfragen oder genauer zu untersuchen.

»Was ist denn *das*?« fragte der Hilfsbibliothekar, der sich dank seiner Neugierde auf unsere Ebene herabgelassen hatte. »Ach, du lieber Himmel, das sind diese ganzen Afrikana. Das hat er also damit gemacht. Mein Gott, ist das ein Durcheinander!«

Er war ein etwas altjüngferlicher junger Mann, und alle drei schüttelten wir den Kopf und plauderten behaglich über den Zustand der Manuskripte, ohne auch nur den geringsten Versuch zu unternehmen, Ordnung in sie zu bringen.

Einundzwanzigstes Kapitel

»*Noch* ein Glas Sherry?« Alan sah mich skeptisch an und dann auf seine Uhr. »Sie kommen doch erst in einer halben Stunde.«

»Und du willst natürlich, daß ich dann noch nüchtern genug bin, um der Sache gewachsen zu sein. Mach dir doch bitte klar, daß mir der Alkohol erst den Mut gibt, um Leuten wie Iris und Ian Ashton gegenüberzutreten.«

»Mag sein – aber solltest du nicht eigentlich in der Küche noch etwas zu tun haben?«

»Inge hat das meiste schon erledigt. Und dann bringt sie Kate mit Luke und Alice zu Iris' Schwester.« Sie war eine verheiratete Frau ohne Kinder, die Kinder angeblich »anbetete« und auf die zwei von Iris aufpaßte, sooft sie Gelegenheit dazu bekam, was ziemlich häufig war.

»Dann wird das ja ein schönes Mittagessen ganz unter Erwachsenen«, sagte Alan.

»So war's ja auch gedacht.«

Wir saßen in Alans Arbeitszimmer, das nach hinten ging und an der Sonnenseite des Hauses lag. Er hatte hier etwas zu trinken für uns bereitgestellt, nicht unbedingt, dachte ich, weil es das wärmste und hellste Zimmer war, sondern eher, um sich selbst in seiner natürlichen Umgebung zu präsentieren, und zwar in einer, in der er so gut zur Geltung kam wie ein exotischer Vogel oder ein behendes Tier mit dichtem Fell vor einem Dschungel-Hintergrund. Anstelle eines Schreibtischs hatte er einen schweren Tisch, mit Ablagekörben aus Drahtgeflecht, Notizbüchern und Karteikästen darauf; ein ordentlich zusammengelegtes Bündel Druckfahnen lag dort entweder schon korrigiert oder zur Korrektur bereit, während ein Bogen Papier in der Schreibmaschine zeigte, daß hier gearbeitet wurde. Die Schale mit den sorgfältig nebeneinandergelegten farbigen Kugelschreibern und frisch gespitzten Bleistiften wäre einem fast zu perfekt vorgekommen, hätte man nicht gewußt, daß Alan ein von Natur aus ordentlicher Mensch war und seine Arbeitsgeräte stets in peinlicher Ordnung hielt. Das kleine Regal hinter dem Tisch enthielt Nachschlagewerke und Jahrgänge von einschlägigen Zeitschriften seines Fachgebiets.

Ein kleinerer, ganz anders wirkender Tisch, mit Getränken darauf und einigen Stühlen ringsum, war ans Fenster gestellt worden, und hier saßen wir beide, genossen die Sonne und fühlten uns dank der Wirkung des Sherrys von jeglichem Druck oder Streß befreit. Roter wilder Wein umrankte das Fenster, dahinter schimmerten späte Rosen und Herbstastern.

Ich lehnte mich in meinen Stuhl zurück und warf Alan einen Blick von der Seite zu, fast als flirtete ich mit jemandem, den ich zum ersten Mal sah. Er erwiderte meinen Blick bereitwillig, doch wir konnten einander nicht lange so betrachten, denn am Fenster erschien plötzlich ein männliches Gesicht, mit einem leicht erschrockenen Ausdruck, runden, hinter einer Brille hervorspähenden Augen, ziemlich langem lockigen Haar und Koteletten.

»Wer ist das?« fragte ich, beinahe ängstlich.

»Rollo Gaunt«, sagte Alan, ganz offensichtlich verblüfft. »Ich sagte ihm, er solle doch vorbeischauen, wenn er mal in dieser Gegend sei, aber ich hätte nie geglaubt...«

Genau die Art Einladung, dachte ich, die ein Autor, dessen Aufsatz soeben von einer Fachzeitschrift angenommen worden war, aus lauter Dankbarkeit und Euphorie dem Herausgeber aussprechen würde.

Alan war zur Tür gegangen und kam mit Rollo Gaunt zurück, der für die ungewöhnliche Art seines Auftretens um Entschuldigung bat.

»Den Leuten zum Fenster hineinsehen«, sagte er verlegen lachend. »Nicht gerade sehr höflich, aber ich konnte die Tür nicht finden und dachte, sie sei vielleicht hier hinten.«

Ich schwieg, denn ich war immer der Meinung, daß unsere Eingangstür sich an einer vollkommen einsehbaren Stelle befand, und fragte mich, welche Art Mensch wohl Schwierigkeiten haben könnte, sie zu finden. Ich war noch immer leicht benommen von dem Schreck, sein Gesicht am Fenster zu sehen, doch ich nahm mich zusammen und lud ihn zum Mittagessen ein, nachdem ich überschlagen hatte, daß es auch für eine weitere Person noch reichen sollte.

Alan hatte Rollo inzwischen etwas zu trinken gegeben, und sie tauschten ein paar Bemerkungen über das Wetter aus – es war tatsächlich ein schöner Tag für Ende Oktober –, und Rollo äußerte sich wohlwollend über den Charme unserer provinziellen Universitätsstadt. Es war ihm bisher nicht aufgefallen, wie reizvoll die georgianischen Gebäude sich über die verschiedenen Ebenen der Hügel verteilten – und war dies nicht im achtzehnten Jahrhundert ein Kurort gewesen?

»Ja, genau«, sagte Alan. »Den alten Trinkpavillon gibt es noch.«

»Ah«, sagte Rollo, und es trat wieder Stille ein. »Weiß Ihre Frau übrigens Bescheid...?« sagte er zögernd mit einem entsprechend unsicheren Blick zu mir hin. »Diese Sache mit diesem Aufsatz von Ihnen...«

»Caro weiß alles, was es zu wissen gibt«, drückte Alan es treffend, aber ziemlich hochtrabend aus. »Sie können ganz ungeniert reden.«

Ich glühte vor Freude, fast als hätte ich den Aufsatz auf der Maschine geschrieben oder das Literaturverzeichnis erstellt.

»Tja, es geht um folgendes. Sie wissen ja, daß Crispin einen Aufsatz schreiben will, der Ihren anfechten soll – nun, er hat mir einen ersten Entwurf geschickt. Darin deutet er an, daß Sie Ihre Hypothese auf Daten gegründet haben, die es entweder gar nicht gibt oder die Ihnen nicht zugänglich gewesen sein konnten, wenn sie denn existieren.«

»Was für ein lustiges Wort, *Daten*«, fiel ich in das Gespräch ein. »Ich stelle sie mir immer als kleine dunkle Dinger vor, aggressiv vielzählig, und wehe dem, der das vergißt, wie Nägel oder Gewürznelken. Sollte man nicht lieber ›Material‹ sagen? Material klingt so gestaltlos – eher wie ein handgewebter Stoff aus selbstgesponnener Wolle als erlesener Brokat oder Seide...«

»Danke, Darling«, sagte Alan ironisch, während Rollo mir einen entsetzten Blick zuwarf. »Aber was machen wir mit Crispin? Man kann sich doch nicht in dieser Weise angreifen lassen.«

»Nein, das meine ich auch«, sagte Rollo. Vielleicht hatte er mit seinen beiden Frauen schon genug Zank und Streit erlebt und sah die Zeitschrift als einen Ort der Ruhe an, der dem Wissenschaftler eine schöne Zuflucht bot, mit Autoren, die über Neid und Bosheit allemal erhaben waren.

»Immerhin«, fuhr Rollo fort, »habe ich ihm die Möglichkeit gegeben, das Manuskript zu lesen – und Sie doch auch, Alan, nicht wahr?«

»Ja. Er sagte, daß er zu beschäftigt sei. Aber mit was in aller Welt könnte *er* denn zu beschäftigt sein?«

Die beiden Männer lächelten mitleidig.

»Natürlich muß er immer diesen großen Hund ausführen«, sagte Alan gerade, als es an der Tür klingelte und Iris und Ian erschienen, was hieß, daß ich in die Küche gehen mußte, um die letzten Vorbereitungen zu treffen.

Als ich mit der Ankündigung, man könne jetzt essen, wieder hereinkam und sie ins Eßzimmer zu lotsen suchte, bevor die Suppe kalt wurde, spürte ich, daß die Atmosphäre sich verändert hatte. Alan und Ian saßen schweigend da, letzterer, mit seiner grübelnden Miene und seinem schulterlangen Haar, fast wie ein schmollendes Mädchen, während Iris und Rollo, offensichtlich ganz voneinander eingenommen, jene Art von Unterhaltung pflegten, die sich nur schwer auf andere ausdehnen läßt. Anscheinend hatte sie ihm für seine Zeitschrift einen Aufsatz zur Veröffentlichung angeboten, oder vielleicht hatte er sie auch darum gebeten, denn sie spielte das kleine Mädchen und meinte, sie könne unmöglich etwas schreiben, das *ihn* zufriedenzustellen vermöge, daß es aber schon immer ihr Wunsch gewesen sei, usw., usf., während Rollo auf alberne Weise zufrieden und ganz rot im Gesicht aussah. Er ist ein Mann, der sich von Frauen leicht geschmeichelt fühlt, dachte ich und fragte mich, ob dies zu wissen uns wohl irgendeinen Vorteil bringen würde.

Ich versuchte, mich Ian gegenüber charmant zu geben, aber er kam mir nicht gerade entgegen. Er ärgerte sich offenkundig darüber, wie Iris sich an Rollo heranmachte, und als Alan dann Wein ausgeschenkt und eine Gelegenheit ergriffen hatte, sich in ihr Gespräch einzuschalten, waren Ian und ich gezwungen, uns so gut es ging miteinander zu verständigen. Zaghaft erhob ich mein Glas.

»Wir sollten auf etwas trinken«, schlug ich vor.

»Warum?« fragte er.

»Na ja, das macht man so«, sagte ich kleinlaut, doch dann sprach ich weiter, ärgerlich über seinen Mangel an Höflichkeit und was ich für die typisch linke Art von Herablassung hielt. »Trinken wir auf Ihre Revolution – oder was auch immer ihr euch wünscht!«

Ich bereute diese Bemerkung sofort, aber Ian lächelte und stieß mit mir an. Er dachte wohl, ich sei einfach albern.

»Erzählen Sie mir doch etwas über Coco Jeffreys«, sagte er. »Wie ich höre, ist er ein Freund von Ihnen.«

»Coco Jeffreys?« wiederholte ich, um Zeit zu gewinnen. »Was möchten Sie über ihn wissen?«

Es war klar, daß Ian an Cocos Person keinerlei Interesse hatte. Er wollte etwas über seine Arbeit erfahren – seine Feldforschung –, wo hatte sie stattgefunden? Was hatte er veröffentlicht und wo?

»Er arbeitet unten im alten Teil der Stadt bei den Busfahrern und Fabrikarbeitern«, erklärte ich.

»Er untersucht wohl die Spannungen zwischen den Rassen«, kommentierte Ian.

Ich wußte es nicht genau und fühlte mich unbehaglich und dem Ganzen nicht gewachsen.

»Er verteilt Fragebögen, die sie ausfüllen sollen, aber ich weiß noch nicht, was dabei herausgekommen ist.«

»Sind die da unten überhaupt organisiert?« fragte Ian. »Wahrscheinlich halten sie einfach als Gemeinschaft zusammen?«

»Ja, ich glaube.«

»Ich hab hier oben in diesem Teil der Stadt noch nicht viele von ihnen gesehen«, sagte Ian vorwurfsvoll, als ob das meine Schuld sei.

»Coco hat letztes Jahr einen von ihnen seinen Garten umgraben lassen, und ein paar von den Frauen arbeiten in den Haushalten hier.«

»Und Sie meinen, das wäre genug! Ein oder zwei aus ihrem Ghetto herausholen und sie für euch arbeiten lassen?«

»Sie machen ihre Sache, und wir unsere«, sagte ich kalt. »Was würden Sie denn vorschlagen? Alan – vielleicht möchte noch jemand Fleisch.«

Zumindest konnte Ian Ashton essen, das war wenigstens etwas. Er verzehrte schweigend eine zweite Portion, und Iris, die das Ende unseres Gesprächs mitbekommen hatte und natürlich dort dabeisein wollte, wo auch Ian war, begann sich über die Stellung der karibischen Einwanderer in unserer Stadt zu verbreiten und darüber, ob man nicht versuchen sollte, etwas für sie zu *tun*.

»Coco und seine Mutter haben es versucht, aber sie hatten nicht viel Erfolg damit.«

»Und das wundert Sie!« sagte Iris. Ihr Gesicht war vom Alkohol und der Empörung, vielleicht sogar durch Liebe erhitzt. »Diese gönnerhafte Haltung mag ja auf dieser Insel ganz angebracht gewesen sein, aber hier kommt das nicht so gut an!«

Das Essen ging zu Ende, und wir tranken Kaffee, worauf Ian und Iris, zu meiner großen Erleichterung, aufstanden und sich verabschiedeten. Anscheinend wollten sie spazierengehen und hatten noch die Energie der Frischverliebten. Ich stellte mir vor, wie sie mit großen Schritten dahingingen und uns kritisierten und vielleicht auch das Essen und sich dann ins Farnkraut legten und vor Lachen kugelten.

Rollo Gaunt hatte es mit dem Aufbruch nicht eilig. Er bestand, wie es manche Gäste tun, ganz energisch darauf, daß wir den Abwasch »in Angriff nähmen«, und so mußten wir gezwungenermaßen in die Küche gehen und kamen dort wieder auf die Probleme zu sprechen, die aus der Veröffentlichung von Alans Aufsatz entstanden waren.

»Crispin hat eine Arbeit von einem Missionar namens Stillingfleet erwähnt. Ich glaube, Sie haben sie als den entscheidenden Beweis für Ihre Argumentation zitiert. Wo ist sie denn jetzt?«

»Ja«, sagte Alan gewandt. »Ich konnte sie einsehen. Die Arbeit liegt jetzt bei der Stillingfleet-Sammlung in unserer Universitätsbibliothek.«

»Und ist für Wissenschaftler zugänglich?« fragte Rollo.

»O ja«, sagte Alan. »Vollkommen zugänglich.«

Das Wort schien ihnen zu gefallen, und beide erwogen es einen Moment lang schweigend. »Und sie befindet sich jetzt im Archiv der Universitätsbibliothek?« fragte Rollo.

»Ich würde es nicht gerade *Archiv* nennen«, schaltete ich mich ein. »Es handelt sich lediglich um einen unaufgeräumten alten Schrank im Büro des Bibliothekars.«

»Rollo meinte es metaphorisch.« Alan runzelte die Stirn über die Unterbrechung.

»Tja«, sagte Rollo munter, »ich werd um vier Uhr bei den Maynards erwartet.«

»Oh, Sie gehen doch hin, oder?« meinte Alan gelassen.

»Ja, ich sollte mich wohl auf den Weg machen.«

Wir begleiteten ihn hinaus zu seinem Auto. Sein Verhalten schien nun weniger vertraulich, als wappne er sich, der – wie es aussah – anderen Seite gegenüberzutreten. Ich hätte gerne gewußt, was er wohl zu Crispin über uns sagen würde. Wenigstens hatte er bei uns ein gutes Essen bekommen. Vielleicht würde das ja zählen.

»Wenn wir ihm nur dort hinein folgen könnten«, sagte ich zu Alan. »Wie steht er zu Crispin?«

»Ein Herausgeber muß für alle alles sein.«

»Das scheint ihm und seiner Welt doch allzuviel Bedeutung beizumessen«, wandte ich ein, bedachte dann aber, daß sie für einige Leute, und zwar uns inbegriffen, tatsächlich von großer Bedeutung war. In der Welt der Wissenschaft war es das Wichtigste überhaupt, was man veröffentlichte und wo.

»Ich bin ja neugierig, ob er Crispins Aufsatz herausbringen wird«, sagte Alan. »Wenn ja, könnte er im März erscheinen.«

Zweiundzwanzigstes Kapitel

Es dauerte beinah zwei Wochen, bis Dr. Cranton wieder in die Bibliothek kam. Was zunächst nur eine Erkältung zu sein schien, hatte erfordert, daß er das Bett hüten, dann vorsichtig aufstehen und sich abmühen mußte, langsam wieder auf die Beine zu kommen, um fest eingemummt im Garten frische Luft zu schnappen, bevor er endlich empfindlich und nörglerisch zum ersten Mal wieder zur Arbeit erschienen und früh nach Hause gegangen war, um mit seiner Gereiztheit seine kleine Mrs.-Tiggy-Winkle-Frau zu plagen, die ihn während seiner Krankheit die ganze Zeit hindurch so liebend umsorgt und ihm alle möglichen Gerichte zubereitet hatte, um seinen launischen Appetit anzuregen.

Am zweiten Tag nach seiner Rückkehr rief Dr. Cranton Heather und mich in sein Büro. Wir hatten bestimmt schon von Professor Maynards baldiger Pensionierung gehört.

»Ja, das haben wir«, stimmten wir zu.

»Es wird da viel Wirbel um etwas gemacht, was ein vollkommen natürliches Ereignis ist. Eine Pensionierung ist so natürlich wie eine Geburt«, erklärte er, verblüffenderweise, fand ich, denn die beiden Vorgänge schienen mir wenig gemeinsam zu haben. Ich fragte mich, ob er die Geburt wohl erwähnt hatte, um uns verlegen zu machen oder um uns die Sache näherzubringen, denn wir waren beide Mütter und hatten insgesamt drei Kinder.

»An den maßgeblichen Stellen ist beschlossen worden, daß es von seiten der Universitätsbibliothek doch eine schöne Geste wäre, zu Ehren der Arbeit, die Professor Maynard auf diesem Gebiet geleistet hat, eine Ausstellung von Afrikana-Manuskripten und anderem ethno-historischen Material zu organisieren«, fuhr Dr. Cranton fort. »Sie können sich also vorstellen, was das bedeutet – zusätzliche Arbeit für *uns*! Nun, meine Damen, hier ist einmal etwas, dessen Sie sich annehmen können. Ich möchte diese Manuskripte sortiert in ordentlichen Bündeln und die Bündel mit Gummibändern versehen und schön beschriftet haben.«

Ich wollte schon fragen, wie wir denn wissen sollten, was darauf stehen müsse. Dann wurde mir klar, daß Dr. Cranton uns hiermit Gelegenheit gab, zu zeigen, daß unsere Ausbildung an der Universität nicht umsonst gewesen sei, und uns mit der Annahme schmeichelte, wir seien intelligent genug, um keiner weiteren Anleitung zu bedürfen.

»Nun, wenn Sie so freundlich wären, mit diesen anzufangen...« Er zeigte auf zwei mit Manuskripten gefüllte Teekisten, die ich meines Wissens noch nicht gesehen hatte.

»Sie wurden uns testamentarisch von dem verstorbenen Oberst Beddoes vermacht, der einen guten Teil seines Lebens im Kolonialdienst in der Karibik zugebracht hat. Seit seinem Tod vor etwa zwanzig Jahren haben sie im Keller gelegen – niemand hatte bisher die Zeit, sie sich einmal anzusehen –, und ich habe sie jetzt heraufbringen lassen, auf daß sie das Licht der Welt erblicken, sozusagen.«

Da fiel mir ein, daß die Teekisten von den beiden westindischen Trägern heraufgebracht worden waren, die gelegentlich für die Bibliothek kleinere Arbeiten erledigten. Die Träger hatten vor sich hingeschimpft, denn die Kisten waren schwer und sperrig. Damals hatte ich gerätselt, was wohl darin sein könnte. Sicher nicht vorgestellt hatte ich mir, selbst noch etwas mit ihnen zu tun zu bekommen.

»Gibt es denn noch mehr für die Ausstellung?« fragte ich.

»Die Stillingfleet-Sammlung. Eine Neuerwerbung, um die ich mich selbst kümmern werde«, erwiderte Dr. Cranton.

»Sie wird nicht sehr aufregend zum *Ansehen* sein«, sagte ich zu Heather, als wir anfingen, ganz vorsichtig an den Manuskripten zu zupfen, mit denen die Teekisten vollgestopft waren. »Nicht gerade das, was man eine *Ausstellung* nennen würde – Professor Maynard wird wohl nur kommen und schnell einen Blick darauf werfen.«

Wir arbeiteten, abgeschreckt von dem feuchten, modrigen Geruch, recht mutlos vor uns hin. Der Inhalt schien durchaus nicht schwer zu ordnen und zu klassifizieren, doch ich fragte mich, welchen Wert er dann wohl haben würde. Unwissenschaftliche »Beobachtungen über die Eingeborenen«, Verzeichnisse der Flora und Fauna, der Anfang eines Reiseberichts im alten Stil, Portefeuilles mit verblichenen Photographien – ich konnte mir nicht vorstellen, daß von diesem Zeug Crispin etwas interessierte. Coco vielleicht schon eher, aber es betraf nicht seine Insel. Trotzdem erwähnte ich es, als wir am frühen Abend zusammen etwas tranken.

»Arme Caro, in was du auch hineingerätst«, neckte er mich, »und das alles wegen der Selbsterfüllung und damit deine Hochschulausbildung nicht umsonst gewesen ist. War es da nicht besser, als du noch diesem alten Mann im Altersheim vorgelesen hast?«

»Ich weiß nicht – vielleicht. Das schien mehr so etwas wie ein gutes Werk zu sein, und ich wurde nicht dafür bezahlt.«

»Mutter hat auf der Insel immer so wundervolle Dinge getan«, meinte Coco, in Erinnerungen schwelgend. »Werke der Nächstenliebe und der Barmherzigkeit. Allein sie zu sehen tat diesen armen Frauen schon wohl – sie drängten sich immer um sie und befühlten ihre Kleider.«

»Das haben die alten Leute in Normanhurst nicht gerade getan«, sagte ich. »Wie dem auch sei, dieses Zeug in der Bibliothek soll interessant und wertvoll sein. Und irgend jemand muß es sortieren.«

»Schon gut, werd doch nicht gleich so militant«, sagte Coco. »Vielleicht komm ich ja irgendwann und schau es mir selber an.«

»Du klingst, als hieltest du meine Arbeit in der Bibliothek für reine Zeitverschwendung«, meinte ich verstimmt.

»Na ja, so gut wie jede Arbeit ist doch Zeitverschwendung, oder? Besonders für die Frauen. Warum könnt ihr nicht einfach schön sein und dekorativ und euch viele Liebhaber nehmen?« sagte er so dahin.

»Oh, du bist so albern«, platzte ich heraus. »Ich bin weder schön noch dekorativ, und selbst wenn ich es wäre, wer käme hier schon als Liebhaber für mich in Frage?«

»Ian Ashton oder dieser andere junge Revolutionär?« schlug Coco vor.

»Iris hat ihn sich geschnappt. Ich bekomme gar keine Chance.«

Ich war Coco gegenüber ungeduldig und gereizt, obwohl unser Gespräch doch gar nicht ernst gemeint gewesen war. Es lag wohl an der Erwähnung von Iris, auf die ich noch immer ein wenig eifersüchtig war. Tröstlich wirkte auf mich nur das Spekulieren darüber, wie lange es wohl dauern würde, bis Ian ihrer überdrüssig wurde, und das war meiner so unwürdig, daß ich mich schämte. Mich auf die Überreichung von Crispins Geschenk zu freuen kam mir wohl eher zu.

»Weißt du schon, was du anziehen wirst, Caro?« fragte Coco, plötzlich ganz angeregt. »Mutter läßt sich ein neues Kleid nähen – schließlich ist es so etwas wie ein Ereignis.«

»O ja, es werden alle dasein. Ich sollte mir wohl auch etwas Neues zulegen.«

»Ich komme mit und helfe dir ein Kleid aussuchen«, bot Coco mir eifrig an. »Du wirst es doch nicht hier kaufen, oder? Und Alan besteht doch nicht etwa darauf, die Kleider für dich auszuwählen?«

»Das will ich nicht hoffen! Ich suche sie mir selber aus.«

»Ja«, sagte Coco skeptisch. »Das habe ich mir gedacht.«

Dreiundzwanzigstes Kapitel

Strenggenommen war Crispin am Ende des Sommertrimesters in den Ruhestand getreten, doch er hatte darum gebeten, die Abschlußfeier auf den Herbst zu verschieben, da das für jemanden, der, wie er sagte, im Herbst seines Lebens stand, passender schien. Außerdem war, was allerdings nicht bekanntgegeben wurde, das Porträt noch nicht fertig gewesen, und der Höhepunkt der Feier sollte doch dessen Enthüllung sein.

Er hatte sich daher in den ersten paar Wochen des Trimesters in der Fakultät herumgedrückt, demonstrativ darum bemüht, nicht zu stören, und sich auf selbstanklägerische, halb spaßhafte Weise »einen alten Blödmann, der hier einmal gearbeitet hat« nennend, was für seinen Nachfolger peinlicher war, als wenn er sich offensichtlicher an seine frühere Stellung geklammert hätte. Margaret hatte mir erzählt, sie habe versucht, ihn morgens noch im Hause zu halten, wenn er sonst immer zur Universität gegangen war, doch er war wie ein alter Schauspieler, ungeduldig und unruhig, kurz bevor der Vorhang sich hob, und er war nur schwer vom Aufbruch abzuhalten, besonders vor dem Mittwochsseminar. Am Ende wurde er eingeladen, teilzunehmen. Sie hatten nicht geglaubt, daß er wirklich weiterhin daran teilnehmen *wollte* – mein Gott, dachten die Jüngeren, was würde man nicht alles darum geben, *nicht* hingehen zu müssen. Es würde wohl noch einmal an die zwanzig Jahre dauern, bis sie ihre Meinung änderten.

Endlich wurde beschlossen, daß die Überreichung am ersten November im Sophia-Jennings-Saal stattfinden sollte. Zunächst war die Feier für den fünften November angesetzt, berichtete mir Alan, bis irgend jemand, der weltlich und praktisch dachte, darauf hingewiesen hatte, daß das Guy Fawkes Day sei, ein Anlaß, bei dem sich die Studenten höchstwahrscheinlich jugendlichen Streichen hingaben, ja vielleicht käme es sogar zu einer milden Art von Krawall. Man fand, daß eine derartige Gefahr, wenn irgend möglich, vermieden werden sollte. Die Tatsache, daß der erste November Allerheiligen war, rief so manche Bemerkung hervor, aber keiner wollte sich festlegen, ob dieser Tag nun geeignet sei oder nicht. Es stellte sich lediglich die Frage, ob der Saal vielleicht für religiöse Zwecke benötigt werden würde, wobei sich jedoch niemand klar ausdrückte, was für ein Zweck das sein könnte.

Die Überreichung sollte der Vizekanzler vornehmen, der, wider alle Regel, zufällig einer von Crispins alten Studenten war. Dieser merkwürdige Umstand bot sich allseits als Gesprächsstoff an, für die, die sich im Saal versammelt hatten, ebenso wie für die, die eine Rede halten sollten.

Coco und Kitty widmeten sich wie üblich ihrem Interesse daran, wer eingeladen war und was man trug.

»Es scheint ja *jeder* hier zu sein«, sagte Kitty verdrießlich. »Ich hätte gedacht, ein Ereignis wie dieses sei den Leuten von der Universität vorbehalten.«

»Crispin war sehr bekannt in der Stadt«, bemerkte ich, »und er war sehr beliebt.«

»Warum tragen englische Frauen mittleren Alters eigentlich Pastellfarben«, bemerkte Coco, »wo sie ihnen doch so selten stehen? Haben sie niemanden, der sie beraten kann?«

»Manchmal nur den Ladengehilfen, der etwas verkaufen will«, sagte ich.

»Caro, stell die Welt doch nicht gar so traurig dar – das Leben ist schon schlimm genug. Eine Frau sollte immer einen Freund zu ihrer Beratung mitnehmen. Und erzähl mir nicht, daß einige womöglich keinen haben.«

Ich war für einen Tag in London gewesen, und meine Schwester hatte mir bei der Auswahl meines neuen Kleides geholfen, und also fühlte Coco sich betrogen, auch wenn er widerwillig zugegeben hatte, daß mein dunkelrotes Maxikleid mir sehr gut stand.

»Mir sind die Frauen beinah lieber, die sich gar nicht erst Mühe gegeben und einfach nur ein altes Abendkleid aus den fünfziger Jahren oder aus noch früherer Zeit aus ihrem Schrank gezogen haben. Es liegt so eine Art verblichener provinzieller Grandezza in diesem ganzen Taft und der Spitze und diesen ›Schößchen‹.« Er lächelte über das Wort.

»Die Kleider waren damals viel hübscher«, jammerte Kitty. »Aber ich fand schon immer, daß Dolly Grün nicht steht – Gott weiß, wie alt *ihr* Kleid schon ist.«

Keiner von uns wagte, das zu erraten, doch ich war mir sicher, die schwarze Samtjacke, die sie darüber trug, unter ihrem »guten« Trödel gesehen zu haben. Vielleicht hatte sie ja sogar der verstorbenen Frau eines von Dollys Liebhabern gehört.

Schwester Dew, ganz in Pink, kam auf mich zu. »Der arme alte Reverend Stillingfleet«, sagte sie, »wie schade, daß er heute nicht hier sein kann – er schätzte Professor Maynard so sehr. Erinnern Sie sich noch an diesen reizenden Kranz, den der Professor zu seiner Beerdigung geschickt hat?«

Ich mußte irgend etwas Zustimmendes murmeln, denn sie hatte zweifellos recht. Der alte Mann hätte das Ereignis genossen, und er hatte Professor Maynard sehr geschätzt. Mir kam der Gedanke, daß es ihm wohl lieber gewesen wäre, wenn Crispin sein unveröffentlichtes Material verwertet hätte und nicht Alan. Gewiß, er hatte Crispin die Einsicht in das Manuskript verweigert, als er ihn darum bat, aber vielleicht war das nur eine Art akademischer Sprödigkeit. Hätte Crispin darauf beharrt, hätte er am Ende womöglich bekommen, was er wollte. Was hätte sich Mr. Stillingfleet wohl wirklich gewünscht? Nun, das war jetzt eine akademische Frage.

»Wir haben jetzt einen anderen.« Schwester Dew hatte ihre Stimme zu einem vertraulichen Ton gesenkt und so getan, als wolle sie mich von Kitty und Coco wegziehen.

»Einen anderen was?« fragte ich einfältig.

»Einen anderen Altersheimbewohner mit einer Kiste voll Papieren. Es ist schon komisch, an was die lieben Alten sich klammern. Alte Liebesbriefe und so – ich glaube, sie erinnern sich gern, daß sie einst mal jemand haben wollte, auch wenn man das jetzt nie denken würde.«

»Was für Sachen sind es denn?« fragte ich aus reiner Gewohnheit.

»Ach, ich weiß es nicht, meine Liebe. *Ich* darf ja nicht hineinsehen. Sie ist genauso schlimm wie der Reverend Stillingfleet – läßt keinen diese Kiste öffnen.«

»Es ist also eine Frau?«

»Eine Dame«, verbesserte mich Schwester Dew. »Oh, schauen Sie, da ist ja Mrs. Cranton. Sie strickt nämlich für Normanhurst.«

Das war ein beflügelnder Wahlspruch, genau das, was Menna Cranton als die zähe kleine Person, die sie war, wohl vortrefflich in die Tat umsetzte. Schwester Dew ging auf sie zu, und ich sah mich Dr. Cranton gegenüber.

Es lag eine Art Glanz in seinen Augen, und meine Gedanken wanderten zurück zu jenem merkwürdigen Moment beim Essen nach dem Dabbs-Gedenkvortrag. Doch es war ein sardonischer Glanz, und er bot mir lediglich an, zu überlegen, was für eine Rede wir wohl bei der Enthüllung des Porträts zu erwarten hätten – Mitbürger! Freunde! Römer! –, eine Grabes- oder eine Lobesrede, was meinte ich? Natürlich gab es auch andere Möglichkeiten. Doch dies allein war schon ein Zeichen größerer Vertrautheit zwischen uns, wenn es nicht, wieder, nur am Alkohol lag – bei mir ein Glas Sherry, bei ihm zwei.

»Schade, daß die Ausstellung in der Bibliothek jetzt noch nicht richtig fertig ist«, wagte ich zu sagen. »Dann hätten wir von hier aus alle dort hingehen und sie ansehen können.«

»Diese Art Ausstellung ist nicht dazu gedacht, *angesehen* zu werden, so, wie Sie es meinen«, sagte er gereizt. »Sie wird lediglich als ein Tribut an die jeweilige Person *organisiert* – weiter nichts.«

»Dennoch, es wäre doch möglich gewesen – vielleicht, wenn wir alle Überstunden gemacht hätten...« doch er hatte sich von mir abgewandt, und jetzt wurde offenbar, daß die Enthüllungszeremonie gleich beginnen würde.

Der Vizekanzler, Crispins ehemaliger Schüler, schmückte diese Tatsache ordentlich aus, indem er Wordsworths Zeile über das Kind, das des Mannes Vater ist, einfließen ließ und Crispin dadurch in eine schroffe Lake-District-Landschaft versetzte, die wilder und zerklüfteter war als unsere sanften Hügel, in denen er mit Prince spazierenging. Eine Landschaft, die jedoch zu der großen, stattlichen Gestalt nicht schlecht zu passen schien, welche jetzt halb verborgen, aber erwartungsvoll neben dem Podium stand, auf dem das Porträt, unter einem grauen Samtvorhang versteckt, aufgestellt worden war.

»Wunderschöner Samt«, flüsterte Menna Cranton. »Was sie damit wohl hinterher machen?«

»Gleich werden wir wissen«, sagte der Vizekanzler gerade, indem er auf das noch verhüllte Porträt wies, »wie ein herausragender zeitgenössischer Künstler Crispin Reginald Maynard, emeritierter Professor unserer Universität, gesehen hat. Wir dürfen uns wohl fragen, ob auch wir Crispin so sehen, oder auch, ob er sich selbst so sieht.«

Crispin neigte den Kopf und lächelte bei diesen letzten Worten.

»Oder sich selbst zu sehen *glaubt*«, fuhr der Vizekanzler fort, womit er uns beinah zum Lachen brachte.

Er wollte uns offensichtlich auf das vorbereiten, was wir gleich sehen würden, so daß ich annahm, daß das Porträt wohl irgendwie Geschmackssache sein mußte.

Jede Enthüllung wird wohl von irgendeinem Laut des Erstaunens begleitet, und vielleicht kann man ja von »einem herausragenden zeitgenössischen Künstler« auch nicht viel mehr erwarten als die gewohnte Anzahl von Augen und anderen Merkmalen und eine entfernte Ähnlichkeit mit dem Modell. Ich hoffte, daß in dem Porträt wenigstens der Crispin wiederzufinden sein würde, den wir kannten oder zu kennen glaubten, doch als der Vorhang von dem Gemälde fiel, ging ein Aufschrei durch den Raum, gefolgt von beklommenem Schweigen, das gerade noch rechtzeitig von Margarets kräftiger Stimme durchbrochen wurde, die, sowohl dem Künstler als auch ihrem Manne treu, energisch verkündete: »Was für eine *prachtvolle* Arbeit! Ist das nicht Crispin wie er leibt und lebt?« Sie war von ihren Söhnen und Töchtern und deren Frauen und Männern umgeben, und diese stimmten jetzt mit ein, indem sie ein schützendes Gemurmel der Zustimmung aufbauten, aus dem ziemlich unglaubliche Floskeln herauszuhören waren: »ganz ausgezeichnet«, »wirklich gelungen«, »eine *sprechende* Ähnlichkeit«.

»Es ist doch noch nicht fertig, oder?« flüsterte Menna mir zu.

»Ich *glaube* doch«, antwortete ich ihr, doch ich verstand, was sie meinte, denn es war ein Porträt aus jener Schule, die es vorzieht, ziemlich viel der Einbildungskraft des Betrachters zu überlassen. Auf mich wirkte es beunruhigend, weniger, weil die Beine nur schattenhaft dargestellt waren und die

Arme unten ohne Hände zu zerfließen schienen, als wegen des Ausdrucks der Qual im Gesicht. Es sah Crispin nicht sehr ähnlich, und dennoch hatte ich das Gefühl, daß der Künstler etwas eingefangen und dem Blick preisgegeben hatte, was man lieber nicht gesehen hätte, die verletzliche Seite, die alle Menschen haben, die inneren Zweifel, den Hilferuf – Dinge, die man keineswegs mit Crispin in Verbindung brachte. Ich verspürte selbst das Bedürfnis nach Halt und streckte instinktiv meine Hand aus, um den Arm eines Mannes zu berühren, im Glauben, es sei Alan oder auch Coco, doch es war Dr. Cranton. Rasch zog ich meine Hand zurück, in der Hoffnung, daß er nichts gemerkt hatte. Sein Kommentar – »Wirklich beachtlich!«, in seinem sarkastischsten Ton – ließ vermuten, daß dem so war.

Dann tauchte Iris auf. »Ich finde es *toll*!« sagte sie mit strahlender Cocktailparty-Stimme, und alles nahm wieder seinen gewohnten Gang. Die Leute drängten sich um Crispin und das Porträt, und die Spannung löste sich. Die Gläser wurden nachgefüllt, und als ich das Bild noch einmal betrachtete, sah ich, daß ich allzuviel Phantasie besessen hatte und es töricht von mir gewesen war, irgend etwas Beunruhigendes in es hineinzulesen. Es war tatsächlich ein gutes Porträt in einem modischen Stil aus der Mitte des zwanzigsten Jahrhunderts – da war keine Qual, kein Hilferuf, außer vielleicht im Auge des Betrachters.

Ich ging zu Crispin und sprach ihm auch meinen Glückwunsch aus, dann versuchte ich zu verschwinden, in der Hoffnung Alan wäre bereit, mich zum Abendessen auszuführen. Ich war fast erstaunt, aber er war es tatsächlich und schien beinah froh, die Feier zu verlassen.

»Ich finde, wegen Crispin muß man sich inzwischen wirklich schämen«, erklärte er mir. »Und um die Sache noch schlimmer zu machen, wird jetzt dieses schreckliche Porträt auf uns heruntersehen.«

»Wenigstens wird euch sein Blick nicht im Zimmer verfolgen«, erwiderte ich, »so wie es bei manchen Porträts angeblich der Fall ist.«

»Nein, aber wir werden doch immer wissen, daß es da ist, am Anfang jedenfalls – dann wird es wohl einfach im Hintergrund verschwinden.«

»Ich hab gar nicht gewußt, daß es in der Fakultät hängen soll. Ich dachte, Crispin hat es geschenkt bekommen.«

»Ja, das hat er auch, aber er war so niederträchtig schlau, es uns zurückzugeben – *das* ist unschlagbar, nicht wahr?«

Ich stimmte ihm zu, aber es schien doch angemessen, Crispin zumindest diesen Triumph zu gönnen. Während wir in einem kleinen, eher peinlich intimen Restaurant saßen, das vor kurzem eröffnet worden war, verriet ich Alan die Neuigkeit von der Dame in Normanhurst mit der Kiste voll Papieren. Ob da wohl etwas zu holen wäre? fragte ich frivol.

»Pst, Caro«, sagte er, mit gerunzelter Stirn. Als ich ihm über die Schulter sah, entdeckte ich am nächsten Tisch Iris, die mit Ian Ashton zu Abend aß, und hinter ihnen im flakkernden Kerzenschein andere Universitätspaare.

Vierundzwanzigstes Kapitel

Die Enthüllung von Crispins Porträt bildete den Anfang einer Reihe universitärer Vergnügungen. Ein Fest zog das andere nach sich, und es schien, als gingen wir jeden Abend aus.

»Madame geht *wieder* aus«, sagte Inge vorwurfsvoll, als ich am Abend des fünften November herunterkam.

»Ach, nur zum Abendessen«, sagte ich schnell, als würde es dadurch besser, weil Essen eher eine Notwendigkeit denn eine Frivolität war. Jedenfalls hatte ich keinen Grund für ein schlechtes Gewissen, was Inge anging, denn sie hatte an dem Abend frei und ging zu einer Feuerwerksparty. Alan hatte nach dem Abendbrot pflichtbewußt für Kate ein paar Wunderkerzen angezündet – es war die Rede davon gewesen, Luke und Alice einzuladen, doch daraus war nichts geworden. Luke hatte Angst vor Feuerwerken, und ich hatte geglaubt, man könne die ganze Sache vielleicht übergehen, doch in letzter Minute hatte Kate noch ihr Recht verlangt. Jetzt gingen Alan und ich mit Kitty und Coco essen, und Dolly kam zum Babysitten.

Sie nahm ihre Pflicht sehr ernst. Ihre ausgebeulte Segeltuchtasche enthielt eine Auswahl viktorianischer Kinderbücher aus ihrem Laden, für den Fall, daß Kate aufwachte und unterhalten werden wollte, und sie vergaß nicht, »für Notfälle« an zwei verschiedenen Stellen die Telephonnummer des Hotels aufzuschreiben, in das wir zum Essen gingen. Als wir sie verließen, saß sie brütend vor dem Fernseher und weigerte sich zuzugeben, daß sie sich gerne etwas ansehen wollte. Alan hatte wegen der Nachrichten BBC eingeschaltet, und dort lief im Abendprogramm ein alter Film aus den dreißiger Jahren und eine Diskussion über Umweltverschmutzung, die beide für sie interessant genug sein sollten. Sie würde es wohl kaum fertigbringen, dachten wir, auf einen anderen Sender umzuschalten.

»Meinst du, sie wird zurechtkommen?« fragte Alan zweifelnd.

»Natürlich – Inge hat Kate ja schon hingelegt, und mit ein wenig Glück wird sie auch nicht aufwachen.«

Das Hotel, in das Kitty und Coco uns zum Essen eingeladen hatten, war ein hübsches Gebäude im georgianischen Stil an dem Platz, der den Mittelpunkt des älteren Teils der Stadt bildete. Als wir den Parkplatz verließen, warf Alan einen Blick auf das Auto zurück und sagte: »Ich hoffe, sie werden hier herum keine Feuerwerkskörper abschießen.« Er schien sich ebensosehr um das Auto zu sorgen, wie vorher um Kate.

»Mach dir keine Gedanken«, sagte ich. »Wir sollten es uns gemütlich machen und den Abend genießen.«

»Das wird nicht so einfach sein«, sagte er düster, »wenn ich zuhören muß, wie die arme Kitty sich an die Zeiten erinnert, als sie noch jung und unbekümmert war, und Coco mit dir herumalbert.«

»Ach, es wird doch eine Menge anderen Gesprächsstoff geben«, sagte ich vergnügt, aber der Abend fing ganz so an wie andere Abende mit Kitty und Coco, und ich begann mich zu fragen, ob ich nicht zu optimistisch gewesen war. Zuallererst machte ich Kitty ein Kompliment für ihr Kleid (schwarze Spitze mit der berühmten schwarzen Perlenkette), und das brachte uns auf andere Anlässe, zu denen sie es getragen hatte, und die Art und Weise, wie man auf den Inseln diverse Feste feierte.

Wir hatten einen Tisch am Fenster, und die Vorhänge waren nicht zugezogen, so daß wir einen guten Ausblick auf alles hatten, was auf dem Platz geschah.

»Ich hoffe sehr, daß ein paar von den Westindern heute abend hierherkommen«, meinte sie. »Sie lieben doch Feiern so sehr, besonders Feuerwerke.«

Alan seufzte. »Das könnte wohl etwas zur Integration beitragen«, sagte er zu Coco, in dem Versuch, das Niveau der Unterhaltung ein wenig zu heben. »Sie scheinen doch in solchen abgeschlossenen Enklaven zu leben. Ich glaube, Sie haben gesagt, daß Sie gerade an einem Aufsatz darüber schreiben...« Er hielt inne, offensichtlich bemüht, den Titel eines derartigen Aufsatzes zu finden. »›Einige Aspekte der Rassentrennung in einer Gemeinde von karibischen Einwanderern‹?« schlug er vor.

»Ich bin bisher noch nicht dazu gekommen, mir einen Titel auszudenken, aber ›Einige Aspekte‹ von irgendwas klingt immer gut, nicht wahr?«

Alan wirkte ziemlich verärgert. Man machte keine Witze über die Titel von Aufsätzen in Fachzeitschriften, wie ich aus eigener Erfahrung wußte.

Kitty sah zunehmend gelangweilt aus, darum versuchte ich, ihre Aufmerksamkeit abzulenken, indem ich sie auf Iris Horniblow hinwies, die mit einem ziemlich mager aussehenden Mann in einem marineblauen Anzug am anderen Ende des Lokals saß.

»Das ist das Kleid, das sie bei ihrem Vortrag angehabt hat«, erklärte ich ihr.

»Purpur, nicht wahr?« sagte Kitty beiläufig. »Ich kann diese Farbe nicht tragen.«

»Ich glaube, man nennt es Aubergine. Ich frag mich, wen sie da bei sich hat?«

»Oh, das ist ihr Mann – Mr. Horniblow«, sagte Coco.

Wir schwiegen überrascht, und mir fiel ein, was Alan mir erzählt hatte – daß Iris viel durchgemacht habe, was irgendwie auf einen ziemlich anderen Typ von Mann schließen ließ als der, mit dem sie jetzt zu Abend aß.

»Der arme Mr. Horniblow«, sagte Coco. »Ich nehme an, sie hat jetzt keine Verwendung mehr für ihn.«

Alan sah aus, als ob er widersprechen wollte, sagte dann aber ganz milde: »Ich dachte immer, *er* hätte *sie* verlassen.«

»Oh, Iris hat zweifellos diesen Eindruck erweckt, aber es war umgekehrt. *Sie* hat *ihn* verlassen und die Kinder mitgenommen.«

»Womöglich wurde sie dazu getrieben?« gab ich nicht ohne Bosheit zu bedenken.

»Von Langeweile vielleicht«, pflichtete Coco mir bei. »Sie hat seinen Einfluß genutzt, um ein Forschungsstipendium zu erhalten, und damit hat sie die Stelle hier bekommen.«

»Woher weißt du denn plötzlich so viel über die ganze Sache?« fragte ich ihn.

»Ach, man hört so einiges«, antwortete Coco vage.

»Warum essen sie dann jetzt wohl zusammen?«

»Das machen kultivierte Leute so«, schaltete Alan sich ein, anscheinend entschlossen, etwas zu Iris' Gunsten zu sagen. »Das ist sicher alles.«

»Ich nehm an, sie will mehr Geld von ihm«, sagte Coco schlicht. »Oder vielleicht hat er die Kinder besucht.«

»Ich kann nie verstehen, daß eine Frau einen Mann um Geld bitten muß«, sagte Kitty. »Das kommt mir ganz unnatürlich vor.«

»Sollen wir unseren Kaffee hier trinken?« schlug Coco vor. »Auf dem Platz scheint irgend etwas vorzugehen, und von hier haben wir eine gute Aussicht.«

Erleichtert stellte ich fest, daß Iris und ihr Begleiter gegangen waren, und die Unterhaltung sich nicht mehr vorwiegend um sie zu drehen brauchte.

»Es scheint nicht sehr aufregend zu sein«, sagte Kitty. »Wenn doch diese Mädchen nur sehen könnten, wie fürchterlich sie aussehen.«

Kitty konnte sich an den Anblick der Studentinnen mit ihren ungepflegten wallenden Haaren und den schmuddeligen langen Röcken nicht gewöhnen, und es war zwecklos, sie darauf hinzuweisen, daß das eben gerade Mode war. Unter den jungen Mädchen auf dem Platz erkannte ich dasjenige, das sich meine Nähmaschine ausgeliehen hatte, und fragte mich, was es jetzt wohl vorhabe. Soweit ich sehen konnte, füllte es einen großen Einkaufswagen mit dem, was ich »Kinderfutter« nannte – Scheibenweißbrot, Fischstäbchen, Würstchen, Baked beans und Coca-Cola.

»Sie haben doch wohl *jetzt* nicht eingekauft?« sagte ich. »Die Läden haben ja alle schon seit Stunden geschlossen. Was machen sie da nur?«

»Nimmst du einen Likör, Caro?« fragte mich Coco.

»Ja, danke«, sagte ich abwesend, denn Kaffee und Likör schienen weit entfernt von der Szene, die ich gerade beobachtete, die jetzt von einem anderen jungen Mädchen mit noch mehr Scheibenbrot und einer großen Emailleteekanne betreten wurde.

»Es sieht aus wie eine Art Guy-Fawkes-Day-Party«, sagte Alan nachsichtig. »Und die Mädchen tragen das Essen zusammen, wie es sich gehört.«

»Zünden sie irgendwo ein offenes Feuer an?« fragte Kitty. »Können wir es sehen?«

Eine Gruppe junger Männer und Frauen füllte jetzt den Platz und bildete einen ziemlich langgezogenen Zug, an der Spitze eine Puppe, die den amtierenden Ministerpräsidenten darstellte. Alles wirkte ganz unverfänglich und angemessen – ein Protestmarsch an einem schönen Abend und etwas zu essen, was man um ein offenes Feuer sitzend verzehrte. Unsere Studentendemonstrationen waren meist eine ausgesprochen harmlose Angelegenheit – ein paar Transparente wurden geschwenkt, und hier und da war zu hören, daß der eine oder andere »weg« müsse.

Der Zug entfernte sich, und wir saßen friedlich da und tranken unseren Kaffee und Likör und stellten Vermutungen an, wo die eigentliche Protestkundgebung wohl stattfinden sollte. In der Ferne hörten wir das Echo von Sprechchören und Feuerwerkskörpern, und es regnete Sterne, als die Raketen in den nächtlichen Himmel schossen. Nach einer Weile fuhr ein Polizeiwagen vorbei, mit heulender Sirene, und dann, was beunruhigender war, ein Feuerwehrauto.

Als wir das Hotel verließen und hinaus auf den Parkplatz kamen, war am Lärm und der Aufregung zu erkennen, daß bei den Universitätsgebäuden irgend etwas im Gange war.

»Ich glaube, wir sollten hinfahren«, sagte ich, und Alan willigte widerstrebend ein, obwohl er offensichtlich ungern den Wagen in eine Situation brachte, die gefährlich werden könnte.

Als wir zu den Universitätsgebäuden fuhren, bemerkte ich einen Menschenauflauf rund um die Skulptur, die zwei gespreizten Schenkeln glich. Eines der Mädchen hatte seinen Korb teilweise ausgepackt und war jetzt dabei, die Plastik als Tisch zu benutzen, indem es das Scheibenbrot mit Margarine bestrich und mit irgendeiner Art von Büchsenfleisch belegte.

»Endlich eine Verwendung dafür!« sagte Coco, indem er darauf zeigte. »Ich habe mich schon oft gefragt, wofür die gut sein sollte.«

Jetzt stieg uns Rauch in die Nase, und als wir um die Ecke bogen und bei der Bibliothek ankamen, fanden wir dort die Feuerwehrwagen mit einem Gewirr von Schläuchen und ein allgemeines Durcheinander.

»Es ist wirklich fürchterlich«, klagte Kitty. »Ich glaube nicht, daß ich das ertragen kann.«

»Ich finde, wir sollten zu Evan Cranton fahren, um ihm Bescheid zu geben«, sagte ich, in dem Gefühl, als Mitarbeiterin der Bibliothek – und wenn auch nur Teilzeit – irgend etwas tun zu müssen, und dies schien das einzige zu sein, was ich tun konnte.

Alan war offensichtlich daran gelegen, den Schauplatz so bald wie möglich zu verlassen, so daß er den Wagen schnell wendete und zu den Crantons fuhr.

Menna öffnete uns die Tür. Sie war vermutlich früh zu Bett gegangen, denn sie trug einen flauschigen rosa Wollmorgenmantel und ein Haarnetz von derselben Farbe.

»Ich habe gerade Tee gekocht«, verkündete sie und führte uns ins Wohnzimmer, wo einige Tassen und Untertassen auf einen Tisch gestellt waren, als ob sie Besuch erwartete.

Dr. Cranton saß, vollständig angezogen, ganz ruhig in einem Sessel.

»Tee?« fragte er uns, »oder möchten sie lieber etwas Stärkeres?«

»Tee wäre wunderbar«, murmelte ich, erleichtert, daß er nicht betroffener wirkte.

»Rom brennt also«, sagte er, als wir alle unseren Tee hatten.

Ein paar von uns lächelten gezwungen, uns des tieferen Sinns seiner Worte bewußt. Doch was hätten wir tun können, und was konnten wir jetzt noch tun?

»Die Polizei war da«, sagte Alan, »und die Feuerwehr.«

»Ja, sie haben mich natürlich angerufen. Und George Armitage ist dort. Er kann ja den Held spielen, wenn er will.«

»Kann er denn irgend etwas tun?« fragte ich.

»Nein, aber er hat dann immerhin die Geste gemacht.«

Eine Geste hätten wir alle machen können, dachte ich, obwohl man es von Kitty vielleicht nicht erwartet hätte. Jetzt schämte ich mich ein wenig, daß wir es nicht getan hatten.

»Die bedauerliche Wirkung der studentischen Pyrotechnik, wie Sie wohl schon erraten haben«, sagte Evan Cranton. »Eine schlecht gezielte Rakete hat ein Fenster durchschlagen und einen Brand entfacht – allerdings habe ich bisher noch keine Einzelheiten erfahren.«

Ich glaube, wir waren alle erleichtert, als das Telephon klingelte und er hinausging in den Flur, um den Hörer abzunehmen.

Menna beschäftigte sich damit, die Tassen nachzufüllen. »So eine Bescherung. *Vandalismus* würde ich das nennen!«

»Nun, es ist vorbei.« Evan Cranton kam wieder herein. »Der Polizeiinspektor teilt mir mit, daß alles unter Kontrolle ist. Die Bücher und die Bibliothek selbst sind verschont geblieben. Durch einen merkwürdigen Zufall« – hier nahm seine Stimme ihren gewohnten ironischen Ton an – »ist einzig mein Büro beschädigt worden, so daß nur *ich* dadurch belästigt werde. Es wird Sie interessieren zu erfahren, daß, was zunächst ein Brand von geringerer Bedeutung war, durch den übertriebenen Eifer unserer edlen Feuerwehr zu einer größeren Unannehmlichkeit ausgeweitet worden ist. In ihrer Begeisterung haben sie das Zimmer mit Wasser durchtränkt, wodurch sie alle Unterlagen und Manuskripte zerstört und in einen unlesbaren Papierbrei verwandelt haben.«

»Die Aufzeichnungen von Oberst Beddoes!« rief ich aus. »Die ganze Arbeit, die Heather und ich uns gemacht haben – alles umsonst!«

Dr. Cranton senkte den Kopf.

»Und« – ein schrecklicher Gedanke befiel mich – »die Stillingfleet-Sammlung!«

»Die Stillingfleet-Sammlung«, wiederholte Dr. Cranton sarkastisch. »Wie gut das doch klingt, nicht wahr, sobald man ihm einen Namen gibt? So werden wir wohl in Zukunft daran denken: die Stillingfleet-Sammlung.«

»Das war doch der alte Mann in Normanhurst, oder?« meinte Menna im Plauderton. »Der mit der Kiste voller Papier.«

»Eine Kiste voller Papier. Vielleicht hat meine Frau uns damit die richtige Einschätzung geliefert. Was war es denn schließlich?«

Alan öffnete den Mund, als ob er etwas sagen wolle, doch Kitty war schon müde und ich ergriff die Gelegenheit als Entschuldigung und meinte, wir müßten jetzt gehen, und so blieb die Frage unbeantwortet. Zweifellos waren die Stillingfleet-Manuskripte nun nicht mehr für Wissenschaftler zugänglich.

Die Zerstörung der Afrikana-Manuskripte und der anderen Dokumente machte keine Schlagzeilen, nicht einmal in der Lokalzeitung. Es gab eine kleinere Notiz, doch nicht auf der Titelseite, und einen kurzen, aber profunden Leitartikel über die Disziplinlosigkeit der Studenten und die Gefährlichkeit von Feuerwerken im allgemeinen, doch da der Schaden relativ gering war, widmete dem niemand viel Aufmerksamkeit.

Lediglich Crispin und Margaret zeigten sich betroffen, Crispin, weil es ihm jetzt nicht mehr möglich sein würde, in Stillingfleets Manuskripten nachzuschlagen, was genau Alans Quellen für seinen Aufsatz gewesen waren, und Margaret aus einem eher prosaischen Grund. Sie erkannte, daß damit die Arbeit für Evan Crantons Ruhestand – die große Bibliographie – zunichte gemacht worden war , und sie hatte Mitleid mit Menna, die die Hauptlast seiner Enttäuschung würde tragen müssen.

Ich beschloß, Crispin und Margaret zum Abendessen einzuladen, erst recht, weil jetzt der Aufsatz mit seinem »Angriff« auf Alan erscheinen sollte. Eine kühne Geste schien hier das richtige zu sein, und wir schuldeten ihnen noch so viel Gastfreundlichkeit. Ich war neugierig, ob die Sache wohl beim Essen zur Sprache kommen würde, aber dann redeten wir hauptsächlich von ihrem Umzug in ein kleineres Haus in einem etwas entfernt gelegenen Dorf und den damit verbundenen Schwierigkeiten.

»Natürlich werden wir viel in Italien sein«, sagte Margaret ermutigend mit einem Seitenblick auf Crispin.

Ich begriff, daß das Leben in Italien einfacher für sie sein würde. Dort konnte sie sich entspannen und mußte ihn nicht mehr von der Universität fernhalten.

»Jetzt kannst du doch dein Buch schreiben«, sagte ich zu Crispin, und offenkundig war das die richtige Bemerkung, denn er wurde ganz herzlich, und als der Abend zu Ende ging und er und Margaret gerade aufbrechen wollten, zog er Alan zur Seite und sagte irgend etwas in vertraulichem Ton zu ihm, etwas, was für Margaret und mich ein Geheimnis bleiben sollte.

»Was war das?« fragte ich, als die Tür sich schloß.

»Ach, eigentlich nichts.« Alan schien es mir nicht erzählen zu wollen.

»Irgend etwas Ethnologisches?« beharrte ich.

»Das nicht gerade. Ach, du solltest es vielleicht doch wissen. Er glaubt, daß *du* etwas mit der Beschaffung des Manuskripts zu tun gehabt hast, und meinte, ich habe wirklich Glück, eine Frau zu haben, die so was für mich tut.«

»Ich verstehe.« Nun, das war nur zu erwarten. Ich, als Frau, konnte die Schuld ja auf mich nehmen, und all meine Bemühungen, Alan zu helfen, würden gar nichts sein im Vergleich zu dieser einen unwissenschaftlichen und betrügerischen Sache, von der Crispin einfach nicht glauben konnte, daß Alan dazu tatsächlich selber fähig gewesen sei.

Diese versöhnliche Geste von Crispins Seite schien Alans Aufstieg irgendwie die Türen zu öffnen – zum Senior Lecturer, zum außerordentlichen, ja sogar zum ordentlichen Professor – jetzt würde ihn nichts mehr aufhalten können. Ich sah uns schon weiterziehen zu anderen Universitäten, vielleicht sogar nach Amerika. Das Leben schien plötzlich voller Möglichkeiten.

»Willst du denn weiterhin in der Bibliothek arbeiten?« fragte Alan mich. »Du *könntest* ja zu Dolly gehen und ihr im Laden helfen, wenn dir das lieber ist.«

Ich erinnerte mich seiner früheren Haltung und war belustigt über die Art Belohnung, die er mir anzubieten schien.

»Nein, ich denke, ich arbeite weiterhin in der Bibliothek«, sagte ich entschlossen.

»Na ja, nachdem jetzt das ganze Manuskriptmaterial zerstört worden ist...« setzte Alan an.

»Wahrscheinlich könnte man sagen, daß die ganze Arbeit, die Heather und ich geleistet haben, umsonst gewesen ist.«

»In gewissem Sinne, ja.«

»Aber kann denn die Belohnung nicht in der Sache selbst liegen? Die eigentümliche Befriedigung, die eine niemals aufgeführte Symphonie bereitet oder ein Gemälde, das nur der Künstler sieht?«

»Oder ein Aufsatz, der niemals veröffentlicht wird?« setzte Alan hinzu. »*Das* ist doch nicht gerade befriedigend.«

»Ich glaube, es wäre in Evan Crantons Sinne, wenn ich weitermachte«, sagte ich. »Schließlich kann ich noch andere Sachen tun als Etiketten auf Buchrücken zu kleben und mit der Schreibmaschine Karteikarten auszufüllen.«

»*Ich* könnte wohl gelegentlich auch etwas zum Tippen für dich haben«, meinte Alan gnädig.

»Vielen Dank, Liebling.«

»Wirst du auch wieder in Normanhurst vorlesen?«

»Ich glaube, es wäre nicht schlecht – das ist wenigstens eine nützliche Arbeit.«

»Nützlicher als mir zu helfen?«

Die Frage blieb unbeantwortet im Raum stehen.

Natürlich ging ich nach Normanhurst, nicht zuletzt, weil ich neugierig war. Jetzt war Winter, und man sah keine alten Leute mehr vorsichtig auf dem Gras oder den Kieswegen spazieren. Nur die immergrünen Büsche hatten sich nicht verändert seit meinem ersten Besuch, ebenso wie Schwester Dews strahlendes Begrüßungslächeln.

»Ja, meine liebe Mrs. Grimstone, das ist aber eine nette Überraschung!« Vielleicht war das Lächeln, mit dem sie mich willkommen hieß noch strahlender, als ich es in Erinnerung hatte. »Sie kommen, um meinen Alten vorzulesen. Das ist aber freundlich. Und Mrs. Armitage kommt jetzt auch zu uns, zwei Abende die Woche – was für eine große Hilfe.«

»Heather?« fragte ich erstaunt.

»Ach, so heißt sie? Was für ein hübscher Name, Heather, finden Sie nicht auch?«

»Wem liest sie denn vor?« fragte ich.

»Einem alten Herrn, der erst vor kurzem eingezogen ist – und, können Sie sich vorstellen, auch *er* hat eine Kiste voll Papiere, ganz wie der alte Reverend Stillingfleet!«

Nicht *ganz*, sagte ich mir, oder wenigstens hoffentlich nicht.

»An irgendeinem Buch über Mathematik hat er geschrieben«, fuhr Schwester Dew fort, »und er möchte, daß die Unterlagen in die Bibliothek hier kommen, wenn er uns verläßt. Mrs. Cranton war ganz begeistert, als ich ihr das erzählte!«

Ich fragte mich, ob Evan Cranton wohl ebenso begeistert gewesen war. Der Himmel mochte wissen, wo das enden würde, wenn es sich unter den alten Leuten herumsprach, daß die Bibliothek solche Vermächtnisse gerne entgegennahm.

»Und Bettjacken für die alten Damen hat sie auch schon gestrickt, die gute Mrs. Cranton. Ich muß sie Ihnen zeigen – sie sind wirklich ganz reizend.«

»Also gibt es für mich eigentlich nichts mehr zu tun«, sagte ich zu Schwester Dew ebenso wie zu mir selbst.

»Glauben Sie das nicht!« rief sie in ihrem energischsten Krankenschwesterton. »Da ist doch diese Dame, von der ich Ihnen erzählt habe.«

»Ja, das haben Sie. Möchte sie denn etwas vorgelesen bekommen?«

»O ja, sie ist ganz *wild* auf Bücher. Ich werde Sie zu ihr bringen.«

Miss Veitch saß aufrecht im Bett, mit einer von Menna Crantons Bettjacken bekleidet, malvenfarben mit farblich abgestimmten Bändern. Sie sah zerbrechlich aus, und das feine weiße Haar stand wie eine Art Heiligenschein oder Aura von ihrem knochigen Kopf ab. Als Schwester Dew uns einander vorstellte und sagte, daß ich ihr vorlesen würde, klatschte Miss Veitch in die Hände und rief mit schwacher Stimme aus: »Oh, wie freundlich von Ihnen! Das Lesen fällt mir jetzt so schwer, und ich habe doch solche Freude an einem guten Buch!«

Nun, wenigstens würde ich ihr also keine anthropologischen oder soziologischen Arbeiten vorlesen, dachte ich. »Gute« Bücher mußte heißen: die Klassiker – Jane Austen, Dickens, George Eliot –, das, was man schon längst wieder einmal oder auch zum ersten Mal lesen wollte. Hoffentlich nicht Scott.

Schwester Dew reichte mir das Buch, aus dem ich vorlesen sollte. Es war durchaus nicht Scott, aber auch nicht Dickens, George Eliot oder Jane Austen. Der farbige Umschlag zeigte einen gutaussehenden jungen Mann im Chirurgenkittel, vermutlich in einem Operationssaal. Ihm zur Seite stand eine ungewöhnlich hübsche Krankenschwester, die ihm irgend etwas zu reichen schien.

»Das hab ich gelesen«, flüsterte Schwester Dew mir zu. »Er war Chirurg im Krankenhaus und auf dem Weg nach oben, sehr vielversprechend und so, als er einen Fehler begangen hat, der ihn beinahe seine Karriere gekostet hätte. Wenn *sie* nicht gewesen wäre... nun, Sie können wohl den Rest erraten, und ich darf Ihnen ja nicht *Ihre* Freude daran verderben.«

Ich schlug das Buch auf und begann zu lesen. Die Geschichte hielt mich zweifellos gefangen, bis gewisse Anflüge unechter Romantik mich zu enervieren begannen.

Miss Veitch lehnte sich in ihre Kissen zurück und lächelte zufrieden.

»Ich mag Bücher, in denen es um Krankenhäuser geht«, sagte sie. »Ich hätte fast einmal einen Chirurgen geheiratet.«

»Ach?« Ich zeigte höfliches Interesse und fragte mich, ob ich nun wohl ihre ganze Lebensgeschichte zu hören bekäme.

»Aber es sollte nicht sein«, seufzte sie. »Ich hab noch all seine Briefe in einer Kiste.«

»Ach, du lieber Himmel!« stieß ich hervor.

»Ja – und alle Liebesbriefe, die ich je erhalten habe. Alle in dieser Kiste da. Das muß Ihnen sehr albern vorkommen.«

»Nein, natürlich nicht.« Ich wußte nicht, was ich sagen sollte. Offensichtlich bewahrten die Leute tatsächlich ihr Leben in Kisten auf, oder zumindest die Leute dieser Generation. Es war etwas Grausiges und Erbärmliches daran. Ich hatte Alans Briefe oder auch die von David nie aufbewahrt.

Andererseits hatte es davon wohl auch nicht allzu viele gegeben. Man schrieb heutzutage anscheinend keine Liebesbriefe mehr.

»Arztromane«, sagte ich zu Dolly am selben Abend, als sie uns kurz besuchen kam. »Das lese ich jetzt. Himmelweit entfernt von Mr. Stillingfleets Zeug.«

»Möglich, aber es gehört doch alles zum *Leben*«, sagte Dolly in ihrem entschiedensten Ton, »und man sollte keine Seite des Lebens verachten.«

»Vielleicht wird es mir ja irgendwie guttun – Coco würde wohl sagen, es könnte mich liebevoller und fraulicher machen. Meinst du, das könnte sein?«

»Möchtest du das denn?« fragte Dolly wenig hilfreich.

»Ich weiß nicht, ob *ich* das möchte«, meinte Alan, als er hereinkam, mit einem zusammengehefteten Manuskript in der Hand. »Ich hatte eher gehofft, daß Caro mir dies hier noch einmal abtippen würde. Es ist meine Antwort auf Crispins Angriff gegen mich.«

»Wird es denn veröffentlicht?« fragte ich.

»Rollo hat sich dazu bereit erklärt«, sagte Alan mit einem Hauch von Selbstgefälligkeit.

»Dann schlägt Crispin vielleicht noch einmal zurück?«

»Crispin ist ein alter Mann«, sagte Dolly. »Das könnte über seine Kräfte gehen.«

»Das bezweifle ich«, sagte Alan.

Ich dachte daran, wie doch das Leben »immer weiter geht«, und in diesem Augenblick war ich froh darüber. Später einmal würde ich vielleicht anderer Ansicht sein.

»Die Igel sind nun wohl alle fort?« meinte ich zu Dolly.

»Ja, jetzt sehen wir sie natürlich nicht, sie halten Winterschlaf. Aber im April – dann ist es wieder soweit!«

Nachbemerkung

Im Jahr 1970 begann Barbara Pym, die, obwohl sie sieben Jahre lang keinen Verleger finden konnte, das Schreiben doch nicht aufgegeben hatte, jenes Werk, das sie ihren Akademischen Roman nannte.

Im Juni 1971 schrieb sie Philip Larkin: »Zu meinem eigenen Erstaunen habe ich den ersten Entwurf eines neuen Romans über eine Provinzuniversität beinahe fertig... Es war als eine Art Versuch im Margaret-Drabble-Stil gedacht, aber es ist natürlich etwas ganz anderes geworden.«

Dieser Entwurf, eine Ich-Erzählung, schien ihr zu »brav«, um in dem harten literarischen Klima jener Zeit irgendeine Aussicht auf Veröffentlichung zu haben. Sie schrieb deshalb eine neue Fassung, diesmal in der dritten Person, und versuchte, dem ganzen mehr »Schärfe« und »Schwung« zu geben. Aber sie schrieb gegen den Strich und war nicht so recht zufrieden damit, und obwohl sie noch im Oktober 1972 daran »herumflickte«, widmete sie sich doch bald ganz ihrem nächsten Roman *Quartett im Herbst* und gab den anderen auf.

Bei meiner Redaktion dieses Romans habe ich jene beiden Entwürfe miteinander verschmolzen, wobei ich einige Notizen von ihr verwendet und die ursprüngliche handschriftliche Fassung herangezogen habe, und mich bemüht, sie zu »glätten« (um mit Barbaras Worten zu sprechen) und ein zusammenhängendes Ganzes daraus zu machen. Ich hoffe, daß diese Fassung den Pymschen Tonfall nun wirklich rekonstruiert.

Der Roman gehört in mehrerlei Hinsicht einer Übergangszeit an, ganz wie seine Heldin Caroline, die sich, von ihrer Veranlagung und Erziehung her noch eine vortreffliche

Frau, in der modernen Rolle der studierten Ehefrau nicht so ganz wohl fühlt.

Von einem Akademikerstreit in der Zeitschrift *Africa* angeregt, unterscheidet sich der Roman sehr von ihren anderen Büchern (auch wenn die Leser ihrer früheren Romane erfreut sein werden, Schwester Dew hier wieder zu begegnen) und stellt damit eine spannende Ergänzung zu ihren schon veröffentlichten Werken dar.

Als Barbara dieses Buch schrieb (dem sie nie einen Titel gab), glaubte sie eigentlich kaum an eine Veröffentlichung: »Mein engster Freundeskreis wird es vielleicht gerne lesen.«

Sie würde sich bestimmt sehr freuen, wenn sie wüßte, daß es jetzt einem größeren Kreis von Freunden zugänglich ist.

Hazel Holt
Somerset, 1986

Barbara Pym

Vortreffliche Frauen

Roman. Aus dem Engl. von Dora Winkler. 288 Seiten. Geb.
(Auch in der Serie Piper 11288 lieferbar)

»Hier erzählt sie witzig und in perfekter englischer Mischung aus Ironie und Sanftheit von jenem Typ der ›vortrefflichen Frau‹, die aus lauter Sorge um andere, vor lauter Hilfsbereitschaft einerseits unersetzlich, andererseits unerträglich wird. Und sie beschreibt darüber hinaus sehr genau die Lebensbedingungen und Gefühle jener Mittelschicht, die weder durch Kriege noch durch Liebesleiden zu erschüttern ist. Wobei sie sich ihren Personen, seien sie nun dumm, hübsch, gescheit oder langweilig nie mit Überheblichkeit oder Geringschätzung nähert, stattdessen ist ihr Blick auf Menschen stets ein interessierter und verständiger – und natürlich ein amüsierter.« Die Zeit

Tee und blauer Samt

Roman. Aus dem Engl. von Dora Winkler. 251 Seiten. Geb.

»In scharfen ironischen Dialogen entwirft Barbara Pym eine Mittelschichtswelt, bestehend aus Langeweile – der verruchte Höhepunkt am Sonntag ist der Walzer im Radio – und puritanischer Heuchelei: Ein Oxford-England voller stabiler Konventionen und Traditionen, leerlaufender Rituale, stereotyper Konversationen und wohlabgewogener Behaglichkeit.« Süddeutsche Zeitung

Quartett im Herbst

Roman. Aus dem Engl. von Dora Winkler. 207 Seiten. Leinen

»›Quartett im Herbst‹ ist ein Wunder an erzählerischer Harmonie, ein perfekt ausgewogenes Hin und Her zwischen vier vereinsamten Individuen, die, kraftlos und unsicher tastend, nach einem möglichen Zusammenhalt suchen... Nie war Barbara Pym stärker, trauriger, komischer, kühner.« John Updike

Anita Brookner

Tugend und Laster

Roman. Aus dem Englischen von Melanie Walz. 242 Seiten. Geb.

»Dudens ›Fremdwörterbuch‹ beschreibt den Roman ›als eine große Prosaerzählung, die über das Schicksal einer Einzelperson oder einer Gemeinschaft mit weitgehender Schilderung ihrer Umwelt berichtet.‹
Treffenderes läßt sich über Anita Brookners Buch nicht sagen. Die Autorin steht für eine Erzählung, die den Leser in Spannung hält, obgleich nichts in ihr passiert, daß diese Erwartung rechtfertigt. Ein Meisterwerk der Fabulierkunst, ein Lehrstück für angehende Schriftsteller.
Der Alltag einer Familie wird geschildert, in der sich Söhne und Töchter zu Erwachsenen mausern, sich vermählen, Kinder zeugen und ihre Mutter überleben, die früh verwitwet die Odyssee eines Familienoberhaupts bis zum letzten Atemzug auskostet. Ein Clan, den man zur ›upper middle class‹ rechnen darf, dem arrivierten Mittelstand, wie er auf dem Kontinent selten, in England um so öfter vorkommt. Eine Schicht, die den Staat trägt, sich um Gottesgefälligkeit und Tradition bemüht, die sie bisweilen durch Schrullen und eine exotische Heirat in Frage stellt.«

Welt am Sonntag

»Getanzt wird auf einem Familienvulkan, der ständig brodelt – aber nie explodiert. Anita Brookner trägt Lavabrocken ab und weiß und bedeutet dem Leser, daß der Feuerberg bestehenbleibt. Die Ruhe, mit der sie es tut, erstaunt von Satz zu Satz nachhaltiger, denn dahinter spürt man jene Nervosität, die die Welt erklären will; und sei's auch nur die einer einzigen Familie.« Die Zeit